魔力を込めて、うんとうんと熱く……！
そう念じながら暫く撹拌棒を握っていると、
釜の中が熱くなって銀が溶け始め、
作業室の部屋の空気も暑くなってくる。
暑さと緊張でじんわりと私の額が汗ばんでくる。
一緒になあれ、
一緒になあれ……。
王都の外れの錬金術師
～ハズレ職業だったので、のんびりお店経営します～
2

冒険中、初めての
宝箱を発見!!
デイジー

マルク
リイン
レティア

魔法陣で転移した先に
広がっていたのは——?
目を開くと、私達は、一面、新緑の木々に囲まれた世界にいた。
天井の一箇所から差し込む光が、その世界を照らし、満たしている。
そして、中央にはその天井の光に向かって聳え立つ、一際巨大な木が一本立っている。
それはとても大きくて、てっぺんは天井よりもはるかに高く、
雲にかかってどこまで伸びているのかわからないほどだ。

王都の外れの錬金術師

～ハズレ職業だったので、のんびりお店経営します～

2

著＝yocco
イラスト＝純粋

The alchemist on the outskirts of King's Landing
Author:yocco Illustration:Junsui

口絵・イラスト
純粋

装丁
木村デザイン・ラボ

CONTENTS

第一章　アトリエオープン！

春が来た。若葉が萌《も》え、花咲きみだれる、始まりの季節だ。

天気は快晴で、空は優しい水色。木々に芽生えた、若葉の合間から差し込む木漏れ日がとても美しく、まるで神様から祝福を受けているようだ。

私は今、自分のアトリエの前に立っている。勿論隣には聖獣のリーフもいる。

そんな私は、踊り出しそうなくらいに心が弾んでいる。どうしてって？

……憧れだった私のアトリエ。それが、ついに今日、オープンするの！

私は、ザルテンブルグ王国の王都に住む、子爵家次女のデイジー・フォン・プレスラリア。十歳。

五歳の歳に、洗礼式で錬金術師という職を与えられ、実家の離れの実験室で、錬金術の勉強を頑張ってきた。

そんな私の夢は、王都に自分のアトリエを持つこと！

そんな私を、実家の家族や使用人、妖精さん達、みんなが応援してくれた。

まず私が作った物は、錬金術師の基本と言われるポーション。液体のお薬のことね。私は錬金術の勉強に夢中になる中で、もっと良い品質のポーションを作りたくて、自分で薬草畑を作って、そこで育てた素材を材料にしてポーションを作ってみたら、高品質のポーションが作れるようになった。

そうやって頑張っていたら、私の高品質なポーションが認められて、国の軍に、毎週決まった量のポーションを納めることになった。

そして、その代金は、アトリエを建てるという私の夢を、現実のものにしてくれた！

場所は王都の外れ、北西門の近く。商業地と下級貴族街の際《きわ》にあり、北西門は隣街の迷宮都市との行き来をする冒険者で賑《にぎ》わう、そんな人通りの多い場所にアトリエは建っている。

開店日前には、今までお世話になった人達から、アトリエの開店を祝うたくさんの鉢植えの花が贈られてきたので、二階と三階の窓の外にある、花を飾るためのスペースに飾らせてもらった。

だから、私のアトリエの外壁は今、送り主の皆さんが私の夢の実現をお祝いしてくださる優しい気持ちと、その思いを形にした色とりどりの花々に彩られ、とても華やかだ。

贈り物が鉢植えなのは、この国の習慣によるものだ。開店のお祝いには、たくさんの花が咲く鉢植えを贈る習慣がある。

『その土地に根付き、花がたくさん咲くように商売が繁盛することを願う』という意味を持つのだ。

建物の造りを説明しようかしら。

アトリエは、向かって右側が錬金工房で、その左隣がパン工房という造りになっている。勿論パンは持ち帰りも可能だけれど、オープンスペースで食事をしていけるスペースもある。

そして二つの工房の、その中央の上部に、『アトリエ・デイジー』と木彫りされた看板が飾られている。文字の前後には、私の名前『デイジー』にちなんで、デイジーの花が大きく二つ彫られている。文字は明るいグリーン、そして前後を飾るデイジーはピンクと白に塗ってもらった。

私は、錬金工房のドアノブに手をかけて、リーフと共に中に足を踏み入れる。

錬金工房は、ドアを開けて来店すると、接客カウンター越しに、店員とお客さんが対面する造りにしてある。

そして、そのカウンターには呼び鈴が置いてあって、もし私やマーカスが中に籠って作業していたり、パン工房の方に手伝いに行ったりしていても、お客さんの来店に気づけるようになっている。

「マーカス、開店準備ありがとう！」

商品の保存庫に、作り立てのポーションを収納しているマーカスに、私は声をかけた。

「おはようございます！　水やりも、蒸留水の準備も、ポーションの在庫の確認もばっちりですよ！」

作業中だったけれど、その作業の手を止めて、体をこちらにきちんと向けて、報告してくれる。

「それから、午後はお得意様の軍への納品に伺おうと思っています。納品期限には少し早いのですが、開店のご報告を兼ねて、ご挨拶してきますね！」

マーカスは、私の大切な助手で、希少な鑑定スキル持ちの錬金術師だ。私より一つ年上の男の子。

最初は少しやんちゃだったけれど、実家の執事セバスチャンにしっかり仕込まれたおかげで、今じゃ礼儀もバッチリで気配り上手。実家を出る私についてきてくれて、アトリエの従業員になってくれた。

「確かにご挨拶しておくのは大切ね。さすがマーカスだわ！　ありがとう！」

私は安心して、錬金工房をあとにする。


パン工房エリアには、持ち帰り用のパンの見本を飾っておける棚と、衛生面を考えて、実際に商品にするパンをしまっておく棚があり、今まさに焼きたてのパンをミィナが並べて開店の準備をしている。

ミィナは、白猫の獣人の女の子。私と同い年の調理師だ。私のアトリエで、私が開発した『ふんわりパン』や『デニッシュ』を王都のみんなにも食べて欲しい！　と言って、私についてきてくれた。感情が尻尾の動きに出やすくて、可愛《かわい》いの！

ちなみに、ミィナは獣人とは言っても、人と違うのは猫の耳と尻尾がついているところだけ。だから、ちゃんとエプロンを身に着ければ、調理師として毛が落ちるなどの問題はない。

「ミィナ、おはよう！　開店に向けて困ったことはない？」

すると、パンが載ったトレイを一旦テーブルに置いて、私に向かって答えてくれる。

「おはようございます。デイジー様！　パン工房の準備は大丈夫ですよ。今日の定番のパンも、お惣菜《そうざい》パンも、午前中の分は焼き上がっていますし、あとは、ここにある残りのパンを棚に入れるだけです！」

ミィナは開店の時間が待ちきれないといった様子で、好奇心も入り混じった、わくわくしたような面持ちだ。どんなお客さんがくるのか、接客するのが今から楽しみなのかしらね？

「ミィナは製造と接客を兼ねているから、手が回らなくなったら、遠慮せずに声をかけてね！　手伝いに回るわ」

「はい、ありがとうございます！　ああ、早くパンを食べたお客様の顔が見たいです！」

その言葉どおりに、好奇心で白い尻尾がゆらゆらと揺れている。

パン工房の方にその日置く商品は、基本ミィナのアイディアに任せている。

今日のパンは四品。

まずは『ふんわりパン』を平らにして、上にサラミと薄く切った旬のアスパラガスを載せた物、もう一つは『デニッシュ』の上に『クレーム・シャンティ』とイチゴのスライスを飾った物。そして定番品とするつもりのシンプルな『ふんわりパン』と『三日月形のデニッシュ』だ。

パンは物にもよるけれど、大体三百から五百リーレの値段をつけている。

飲み物は紅茶か、果実の風味をつけたお水で、今日はオレンジ風味で用意したそうだ。なお、店員全員が飲酒出来るようになる十五歳に達していないので、お酒は置いていない。

ミィナが再びパンの収納作業に戻ったので、私も邪魔をしないように場所を移動する。

私が次に顔を出したのは、小さな経理室。そこにカチュアがいた。

カチュアは、常勤ではないのだけれど、帳簿類の最終チェックをしに、今日は朝早くから来てくれたのだ。

アトリエの経理やお金の管理をするのは私自身なのだけれど、そういった面で問題がないかフォローアップをしに、カチュアが不定期にやってきてくれる約束になっている。

彼女は、この国の商業ギルド長の娘で、私より二つ年上のしっかりした子。だから、商人や職人さん達との人脈が彼女の凄いところ。

アトリエ建設は、彼女の協力なしにはなしえなかった。物件探しから、内装の職人さんの紹介から、本当にたくさんお世話になった。

そうそう、彼女自身は、将来自分の商会を持つのが夢だ。大きな夢よね！

「おはよう、カチュア。様子はどう？」

私は、経理室のドアを開けて声をかける。

「あら、おはよう、デイジー様。帳簿類をチェックしたけれど、今からでも使えるようになっているから、毎日きちんと売り上げや経費を記録しておいてくださいね！」

……はい、頑張ります。

そして、この国では、一週間が七日、そのうち最後の一日は、安息日として原則休日と定められている。『アトリエ・デイジー』もそれに則《のっと》って、週のうち六日が営業日、残った安息日は、みんなの休日である。

私達のアトリエは、こんなメンバーで始めようとしている。

ああそうだ！　まだ紹介しなきゃいけないお友達がいる！

私は、再びアトリエの外に出る。

建物の裏に回ると、広々とした薬草畑があって、緑の妖精さんとマンドラゴラさんが暖かな陽射《ひざ》しを全身に受け止めて春を謳歌《おうか》していた。彼らも、アトリエを開く私についてきてくれた、大切なお友達！

畑では、妖精さん達が、薬草や野菜達の世話に勤《いそ》しんでくれている。

開店にあたって、ミィナがパンや私達の食事用のハーブ類を畑で育てることを希望したので、畑には、薬草以外にも、ローズマリーやチャイブ、バジルといったラインナップも増えた。

そんな大切な畑を、妖精さん達が害虫や害獣から守ってくれている。

彼らのおかげで、私の畑は常春のように、植物がいつもイキイキとしていて葉を伸ばしている。


時間は過ぎて、だんだんと開店の時間が近づいてきている。

焼きたてのパンの香りが周囲を漂っているのが気になるのか、ご近所にあるたくさんの窓がかわるがわる開き、ご近所の人々が私のアトリエの様子を窺《うかが》っている。

そして、朝早くから、北西門から迷宮都市に向かう冒険者達も、なんの香りだろうとアトリエを覗《のぞ》きながら通り過ぎていく。

街中に、朝の三の刻を告げる教会の鐘の音が響いた。

さあ、開店よ！

私とリーフは、急いで錬金工房に移動した。

お客さん第一号は、パンの美味《おい》しそうな匂いに興味を持った、通りがかりの男女二人ずつの冒険者四人組だ。

「随分いい匂いがするけれど、これは食べ物なのよね？」

一人の女性冒険者が、ミィナに尋ねた。

「いらっしゃいませ！　はい、錬金術で柔らかくなるように改良したパンですよ。こっちの生地はふっくら柔らか、こっちの生地はサックリしっとりした生地なんです」

冒険者の女性二人は、イチゴの載った『デニッシュ』に釘付《くぎづ》けだ。

「ねえ、リーダー、買ってよ。美味しそうよ！」

このパーティーは、カップル同士なのだろうか、それぞれの女性が男性の腕に腕を絡めてねだっている。

結局、イチゴの載った『デニッシュ』と、サラミの載ったパンを二個ずつお買い上げ。支払いを終えて、食べ歩きしながら去っていった。

錬金工房にもお客さんがやってきた。私が接客をする。

「いらっしゃいませ！」

三人組のパーティーで、そのうち一人が女性だ。その女性が尋ねてきた。

「このポーションは、本当にそこに書いてあるとおりに、効果が二倍なの？」

彼女は、店内の貼り紙を指さす。

そう、『高品質で一般品より効果が高い』ことが私のアトリエの売りだ。

「はい、二倍です。国の軍の特別支給品としても納品している、確かな品物ですよ」

私は、冒険者の女性に答えた。

「ねえ、ポーションの効果が二倍なら、トイレの回数が減るわよね？　マナポーションがぶ飲みって正直辛いのよ。私、ダンジョンの階層深くまで潜るなら、このマナポーションが欲しいわ」

「お前そんなこと気にすんの？　今更じゃね？」

と、女性の恥じらいを汲《く》み取《と》らなかった男性は、女性に頭を叩《たた》かれていた。

私のポーションを、一般の品と同じ値段で売ったら他の既存のお店の営業妨害になってしまう。だから、性能を加味した値段として、私のポーションは一般品の五倍の値段を付けている。

なので、その値段を見た男性は高い！　と文句を言っていたが、結局そのパーティーはマナポーションを二本買っていった。

そして、パン工房の方に次のお客さんがやってくる。窓からちらちら見ていた近所の人だ。

「子供が食べたいって聞かなくてね。一番安いパンを試しに四個買わせてもらうよ」

そう言うと、ミィナが勧めた、シンプルな『ふんわりパン』を朝食用に買って、向かいの集合住宅に消えていった。

こうして、『アトリエ・デイジー』は、賑やかな開店日の朝を迎えたのだった。


お店を開店してから数日。

錬金工房とパン工房のそれぞれの客足の傾向も見えてきた。

私が主に店番を務める錬金工房は、朝が忙しく、そのあとは割と暇なことが多い。

主要顧客は、迷宮都市にあるダンジョン攻略やその他ギルド依頼をこなしに行く冒険者達になった。彼らは基本朝早くにこの街を旅立っていく。だから、朝のその時間帯を過ぎると割と暇なのだ。

特に、私のポーションをあえて選んで買い求めるのは、ダンジョンの深層まで攻略しようとする人達。他店で売っている普通のポーションを複数本飲むより、うちで販売している、高いけれど一本で済むポーションに価値があるのだそうだ。彼らには切実な『おトイレ事情』があるらしい。

……それは、おトイレの回数のこと。

特に、後衛職であまり汗をかかない魔導師や回復師さん、その中でも特に女性に、マナポーションが好評である。

ダンジョンの中には当然トイレなんかないので、彼女達はちょっと草陰があるエリアや、物陰に隠れて用をたさなければならない。それが精神的にとても苦痛なのだそうだ。そこに現れたのが、価格は高いが効率よく回復出来る私のポーションだった、ということらしい。

一度買ったお客さんが、冒険者ギルドにあるという酒場での情報交換がてらに、口コミで広めてくれているらしい。ありがたいことである。

おかげで、元々国への納品もあって金銭的に困っていない我がアトリエだけれど、店舗自体も、『お客さんが来ない……』と頭を悩ませる必要もなく、平穏な日常を送っている。

パン工房の方は、毎日ミィナが忙しく働いている。

定番の『ふんわりパン』はご近所の皆さんに、『三日月形のデニッシュ』は、少し金銭的な余裕のある商家や貴族家のお使いの使用人さんが買っていく。

日替わりのパン二種は、美味しそうな匂いと物珍しさで、通りがかった人達がつい手に取ってゆく。

朝や昼時には結構な賑わいで、ミィナの手に負えなくなりそうだと、マーカスが気を利かせて、接客のサポートに入ってくれる。

そんな『アトリエ・デイジー』のパン工房の常連の一人に、道路向かいの端っこに住むおばあさんがいる。実は同業の錬金術のアトリエを持つ人で、名前はアナスタシアさん（愛称アナさん）。色々あって、他の国から移住してきた人らしい。

小柄で華奢《きゃしゃ》な体つきで、少し腰が曲がっている。白寄りのグレーの髪は、引っ詰めにして、顔には小さな丸メガネをかけている。シワシワの顔にはいつも笑顔が絶えない優しいおばあちゃんだ。

『子供が熱を出したら、アナおばあちゃんのポーション』といった感じで、地元に愛されている。

「こんにちは、アナさん」

店にやってきた彼女に、ミィナが声をかける。

「ミィナの焼くパンは絶品だからね。今日も来たよ」

ニコニコ笑って店内のパンの見本が並べられた棚に近寄る。

「今日の惣菜パンは、チキンとじゃがいものローズマリー風味かい。美味しそうだね」

アナさんは、ニコニコと笑っていたが、ふっと呟《つぶや》いた。

「これにあの故郷のとろけたチーズが載っていたら、もっと美味しいだろうねえ……。チーズ、懐かしいねえ」

少し寂しそうな顔でそう言い残して、そのお惣菜パンと『ふんわりパン』を一個ずつ買って帰っていった。


「……ということがあったんですよ」

営業時間も終わったみんなが集まる夕食時、ミィナが私にアナさんの話をしてくれた。

「この国では、チーズって輸入品だから、とても高価よね。私も食べたことないわ。アナさんは移住経験があるから、昔、その国で食べたのかしら……」

チーズという物は、教会が大きな力を持っていて、修道院が領地を持つような他所の国で作られている。修道院の領地で牛やヤギといった動物で牧畜を行い、そこで飼育する動物の乳を原料とした食べ物だ。また、山岳地帯で大規模な牧畜をする農家がいるような国でも作られる。

だが、私達の国では、教会や修道院などが領地を持つといったことはなく、農家の規模も小さい。そのため作る人はおらず、なかなか手に入りにくい食品だった。

「あの時のアナさん、寂しそうな顔をしていましたよね。いつもニコニコなのが素敵なのに」

マーカスがその時のアナさんの様子を追加で説明してくれる。

いつも笑顔のアナさんには、そんな悲しそうな顔はして欲しくないわね。

「錬金術で作れないか、調べてみようかしら。ほら、『錬金術で美味しい食卓』に載っているかも！」

私は、明日の昼間の空いた時間に調べてみることに決めた。

『錬金術で美味しい食卓』の本をめくって探すと、幸いにして作り方が載っていた。

新鮮な牛乳を発酵させた物に、『凝固剤』を入れて作るらしい。

本当は子ヤギや子牛の胃の中にある液体を凝固剤にするらしいが、さすがにそれは経済的によろしくない。だが、代わりの方法があるらしい。

ならば、と、私は、チーズを作ることに決めた。

だって、アナさんに笑顔になってもらいたいもの！

第二章　チーズを作ろう！

まずは、子ヤギや子牛の胃袋から取れるという凝固剤は、植物からも同じ性質を持つ物が取れるというので、それを使うことにする。

イチジク。今は春。季節じゃない。

南で取れるフルーツ。植物図鑑によるとこの国の南部でも取れるらしいけれど高額で、流通も少ない。

アーティチョークの花のおしべ。アーティチョークはともかく、その花自体は流通していない。

紅花の種は……、ありそう！

紅花は、染料や良い油が取れるので、この国の農家でも育てている植物である。とすると、農家用に種を売っているのではないだろうかと思い、まずはその店を紹介してもらおうと商業ギルドを訪ねることにした。


当然、リーフがお供についてくる。以前、アトリエのための物件を探していた時に、誘拐未遂騒ぎになって懲りたので、リーフにはフェンリルの姿でついてきてもらった。

商業ギルド長の娘の、カチュアの足を治したということは、父親のオリバーさんの口からギルド本部の人達に広められており、私は子供ながらも、ギルド本部の人達から一目置かれるようになっていた。

何か用事がある際に頼ろうと思った時、スムーズに応対してくれるのでありがたい。

「こんにちは」

商業ギルドの窓口まで来ると、私は受付嬢のお姉さんにギルド員証を見せる。

「デイジー様、こんにちは。本日はどのようなご用件で足をお運びいただいたのでしょうか？」

にっこりと笑って尋ねてくる。

「紅花の種を手に入れたいのだけれど、どこか良いお店を紹介していただきたくて」

「なるほど……少々お待ちください。担当の者に確認してきます。デイジー様はあちらのソファでお待ちくださいね」

そう言って、受付嬢のお姉さんは昇降機がある方へ行ってしまった。

私は、しばらく手持ち無沙汰にソファに座って待っている。

ふと天井を見上げたら、タイルの欠片《かけら》で彩られた商業神様と、その御使《みつか》いである天使達が巨大なモザイク画で描かれていて、その見事さに感嘆して、私はため息をついた。

さすが、この国の商人を全てとりまとめている商業ギルドの本部である。職人の技術も素晴らしいし、贅沢《ぜいたく》に使ったタイルの色がとても鮮やかで、とても華やか……！

モザイク画の細部に至るまで観察して時間を潰していると、受付嬢のお姉さんが戻ってきた。

「デイジー様、こちらに何軒かお薦め出来る店を記しておきました。簡単な地図も添えましたので、訪ねてみてください」

そう言って、何枚かの紙を私に渡してくれる。それは、綺麗《きれい》な文字で書かれた店名のリストと、数枚の地図だった。

「とても綺麗にまとめてくれてありがとう！　感謝するわ！」

私がそう言ってにっこり笑うと、お姉さんも嬉《うれ》しそうに笑ってくれた。


私は、店名の前に星印の書いてある（一番オススメという意味らしい）お店を探して、フェンリルの姿のリーフと共に街を歩く。そして、一軒の立派な花屋さんに到着した。

花屋とはいっても、農業用の種や苗、庭用の花や樹木まで扱っている、かなり大きなお店だった。

なるほど、これだけ大きなお店なら求める物もあるだろうと、一番にお薦めしてくれるだけのことはある。

「リーフ、その姿じゃお店に入れないから小さくなってね」

そう言ってリーフの頭を撫《な》でると、ぽふんと子犬の姿になった。そのリーフを連れて、種が置いてあるエリアに来た。

そこには、小さな引き出しがたくさんついた立派な戸棚があり、その個々の引き出しには様々な植物の名前が書いてあった。

「紅花、紅花……」

あれ、ないな。困った。

うーん、とたくさんの引き出しを眉間にシワを寄せて探していたら、厚手の生地で出来たエプロン姿の店員のおじさんが声をかけてきてくれた。

「お嬢さん、なにかお探しですか？」

私はその問いかけに紅花の種を求めてきたと、来店の目的を伝えた。

「ああ、すみません。それは一般のお客さんにお買い求めいただくことがないので、奥にしまってあるんですよ。取ってきましょうか？」

私は頷《うなず》いて、しばらくその場で待つことにした。

やがて戻ってきたおじさんは、私の手のひらくらいの麻の袋にぎっしりと入った紅花の種を持ってきた。

「農家向けの品なので、一番小さい単位でこれになってしまうんですが、よろしいですか？」

「大丈夫よ。たくさんあっても困らないから。ところで、あっちの脇にトマトの苗があったけれど、あれはもう植えどきなの？」

なんだか、トマトがあったらミィナが喜びそうな気がしたのだ。

「はい、春の今頃に植えると夏にはたくさんの大きな実が付きますよ」

彼が、「お薦めです」と言うので、紅花の種と、トマトの苗を一株買い求めて、自分のアトリエに帰った。

トマトは、ミィナが大喜びで受け取って、畑に植え替えてくれた。

「ちょっと早いですけど」

そう言って、ミィナは育った時のための支柱を枝と紐《ひも》で作って、トマトの蔓《つる》の先端を絡めておいた。

次の日の早朝。

マーカスの大きな叫び声が裏の畑の方から聞こえた。

「マーカス、そんな大声出してどうしたの？」

女子専用階の三階から、私とミィナが急いで畑に駆けつける。

……あれ？

畑に着いてよく見ると、緑の妖精さん達にサイズ差があったのだ。なぜか大きい個体がいる……。

「妖精が育っています！」

地面に尻もちをついて、マーカスが指さす先には、確かに大きい妖精さん（？）がいた。よく私に話しかけてくれる女の子の妖精さんの声で、だいぶ大きな妖精さん（？）が嬉しそうに私の方へやってくる。

「デイジー！　あなたの畑のおかげで私、精霊に昇格出来たの！」

赤ちゃんぐらいの大きさの彼女は、私の手を取り、嬉しそうに空中でクルクル回る。

「私、こんなことも出来るようになったのよ！」

彼女が回るのをやめて昨日植えたトマトの苗を指さすと、指先からキラキラとした緑の光が苗の方へ向かっていく。すると、突然苗がぐんぐんと成長し、大粒の真っ赤なトマトがいっぱい実ってしまった！

「え？　今のなんですか⁉」

精霊も妖精も見えないミィナは、尻尾をブワッと膨らませて驚いている。確かに、トマトの苗が急に成長したら驚くだろう。それにしても、成長した時用の支柱を立てておいてくれて良かった。なかったら実の重さでぐったり倒れてしまうところだった。

私は、ミィナには、ここの畑には実は緑の妖精と精霊がいて、今の現象は精霊の仕業だということを説明する。

「なるほど、そんな御加護《ごかご》のある畑だったんですね。それにしても、まだ季節でもないのに見事に真っ赤なトマトがいっぱい……。トマトソースにして保存出来るようにしなきゃいけませんね。それに不安定だから支柱に茎を結び付けてあげないと……」

好意で買ってきたトマトの苗は、ミィナの仕事を増やす結果になってしまったのだった。

そして、チーズ作りに話は戻る。

紅花の種が手に入ったので、まずはその種から成分を抽出するのだ。

私は、すり鉢で種を潰して、それを少量の牛乳に浸す。種の成分が全部牛乳に出るまで、かき混ぜながら魔力を注いで、成分の抽出を促した。

十分に種のエキスが牛乳に移ったら、布で搾って、エキス入り牛乳は置いておく。

『酸っぱくなる素』が入っているので、これは牛乳自身の力に頼る。

私達が普段よく飲む牛乳は、暖かいところに三日も放置すると勝手にヨーグルトになるほど、鍋に牛乳を入れて温め、指先で触れられる温度（お風呂よりもだいぶぬるめ）にした物に、さっきの紅花のエキスが入った牛乳を足す。

火を消して錬金発酵させると、牛乳がヨーグルトからプリンの間くらいの硬さに固まるので、包丁で人差し指の関節の長さくらいの間隔で縦横、鍋の底まで切る。

少し待つと、水分が滲《にじ》み出《で》てくるので、弱火にして温める。ゆっくり底の方も撹拌《かくはん》したら、再び温度をぬるいお湯程度にゆっくり上げていく。

温度が上がったら、火を消してから蓋をして二刻ほど放置する。

二刻待つと、固形と液体に分かれているので、ザルで固形部分を集める。

ちなみに、これを布で水気を軽く切った物が『ホロホロチーズ』。

でも、今日は『ホロホロチーズ』だけじゃなくて、『まんまるチーズ』も作りたい。

本に、とっても美味しいと書いてあったからだ！　生で食べてもいいし、焼いて溶かしてもいい。『焼くととろけるチーズ』だったら、多分アナさんの願いを叶《かな》えられそうじゃない？

だが、『まんまるチーズ』を作るには、まだまだ手がかかる。

沸騰手前の熱湯と氷水を用意する。さっきの手順の最後で出来た、ザルで集めて丸めて固めた牛乳をお湯に入れる。それが浮き始めたら、チーズに必要な柔らかくて弾力のある糸のような質感が得られるまで伸ばしたり練ったりする。

これはとっても熱いので、清潔な手袋かミトンを着けつつ、熱くなったら水で冷やしたりして頑張る！

あっつーいのを我慢して作業が終わったら、ちぎって丸めて氷水で落ち着かせ、そのあと、塩水にも少し浸す。布巾で水気を拭いて、乾燥しないように湿った布でくるんで、一日休ませたら、ようやく『まんまるチーズ』の完成！

【ホロホロチーズ】
分類：食べ物　　品質：良質
詳細：さっぱりしたフレッシュチーズ。サラダにかけると美味しい。ケーキ材料にもなる。クリームと混ぜて練ると『クリームチーズ』になるよ！

あれ。鑑定さんがさらに提案してくれている……。半分、クリームと混ぜてみようかしら。ぐるぐると『遠心分離機』を回してクリームを作り、それを『ホロホロチーズ』に練り込んだ。

【クリームチーズ】
分類：食べ物　　品質：良質
詳細：滑らかなフレッシュチーズ。パンに塗って食べると最高！　ケーキ材料にもなる。

……もう一種類出来ちゃった！　デザートにもなるのは嬉しいわ！

【まんまるチーズ】
分類：食べ物　　品質：良質（マイナス1）
詳細：あと一日待て！　ミルキーさがたまらないフレッシュチーズになる。そのまま食べても美味しいし、オーブン料理に使うと、とろりととろけて最高！

一段落！

そう思って満足して両方の腰に拳を添えて仁王立ちしていた私に、パン工房の店番をマーカスと交代してもらったらしい、ミィナがやってきた。

「デイジー様、今日の実験は一段落ですか？」

キョロキョロと実験室の様子を見ながら近寄ってきた。

「『ホロホロチーズ』と『クリームチーズ』は、これで完成。こっちの『まんまるチーズ』は明日完成よ！　『まんまるチーズ』は焼くと溶けるらしいわ」

そう言って、カップ一杯ずつの『ホロホロチーズ』と『クリームチーズ』、三つ出来た『まんまるチーズ』をミィナに披露する。

「『ホロホロ』と『クリーム』をちょっと摘んでもいいですか？」

興味津々といった様子のミィナに、私はうんと頷いて許可を出す。

洗った手を布巾で拭いてから、ミィナは、『ホロホロチーズ』をひとつまみして口に入れる。

「酸味があってサッパリしていますね。サラダに入れたら美味しそう」

次に、『クリームチーズ』をスプーンで少し掬って、口に含む。

「あれ。これはクレーム・シャンティの代わりにデニッシュに合いそうですね。あ、でもチャイブとニンニクの風味を足したら食事パンにもいいのかも……。この『クリームチーズ』少し使ってもいいですか？」

何かいいアイディアが浮かんだらしい。ソワソワしながら尋ねてくるので、私は許可を出した。

「ちょっと待っていてください！」

パタパタと早足でミィナがその場を立ち去り、台所へ消えていく。

そして、しばらくすると、ミィナがトレイを持ってくる。そこにはふんわりパンを薄くスライスした物を再度焼いて表面をカリッとさせた上に、二種類の『クリームチーズ』が載せられていた。

一つは『クリームチーズ』にすりおろしガーリックとチャイブを練り込んだ物、もう一つは、『クリームチーズ』に干し杏《あんず》のシロップ漬けを小指の先程のダイス状に切った物を練り込んである。

全部三つずつだ。

「「ん～‼」」

と二人で、その美味しさに身悶《みもだ》えていると、パン工房の方の客足が収まったらしいマーカスが顔を出す。

「ちょっと。私一人に店番させて、お二人で美味しい新作を抜け駆けですか？」

言葉では文句を言ってはいるが、彼の表情は穏やかだ。笑顔で頬張る私達の緩んだ顔がそうさせるのかしら。

「ちゃんとマーカスの分もあるわ」

そう言われて、マーカスも手を洗い、その手を綺麗《きれい》な布巾で拭う。

そして、ミィナに差し出されたトレイから、マーカスが片手ずつに『クリームチーズ』載せパンを手に取った。

まず、チャイブの方を一口で頬張《ほおば》る。

「あ、美味しい！　ふんわりパンにたっぷり塗りつけながら食べたいですね！」

次に、杏の方を食べる。

「ん。これはお子さんや女性に受けそうです。デニッシュにたっぷり載せて、ベリー系のジャムとも合いそうです」

そして次の日の晩ごはんに、三人で『まんまるチーズ』の試食会を行った。

平らにしたパンに載せて焼いてとろーりあっつあつ。生のままスライスして口に放り込めばミルクがじゅわーり。大好評に終わった。

私達は、満を持してアナさんを夕飯にご招待することにしたのだ！


アナさんと約束した日、教会の午後の六の鐘が聞こえ、すっかり辺りが薄暗いオレンジ色に染められる頃に、彼女は私達の家にやってきた。

私達の家は、アトリエの二階に共有スペースを置いている。トイレとお風呂といった水回りのエリアがあって、ソファや余裕を持って六人がけにしたダイニングテーブルのあるリビング。

そしてマーカスの部屋と、もう一部屋クローゼットになっている部屋がある。

三階は女子用の部屋が未使用を含めて三部屋ある。私の部屋は主人ということもあるし、荷物もそれなりに多いので二部屋分の広さがある。

アナさんには、階段を上って二階のダイニングテーブルまで来てもらう。

「おやまあ、凄《すご》いねえ」

ダイニングに着くと、アナさんは丸メガネの下で目をぱちくりさせる。

テーブルの上には、ミィナが腕によりをかけて作ったチーズ料理の数々が並んでいる。

前菜は二種類。ふんわりパンをスライスしトーストした物の上に、チャイブとニンニクを練り込んだ『クリームチーズ』を載せた物と、トーストに載せた『クリームチーズ』の上に鮭《さけ》の燻製《くんせい》にディルを添えた物。

もう一つは、スライスした『まんまるチーズ』の上にトマトのみじん切りとバジルを載せて、塩とオリーブオイルで味付けをした物。

サラダは、たっぷりの春の温野菜を酢とオイルであえてから、ブラックオリーブを輪切りにした物と、『ホロホロチーズ』を載せた物。

メインは、平らで大きな丸いパン生地の上にトマトソースを塗って、その上に、スライスした『まんまるチーズ』とバジルをふんだんに載せて焼いたチーズ載せトースト。ただいま焼きたて、とろーりアツアツだ。

最後に、デザートには、『クリームチーズ』、砂糖、卵、クリーム、小麦粉、レモン汁を混ぜて焼いたチーズのケーキ。

「みんなこれ、チーズ料理かい？　あれは凝固剤を手に入れるのが厄介かと思っていたけど、私のためにそんなにお金かけちゃったのかい？」

子牛か子ヤギをわざわざ一頭使ってもらったのかと思っているのか、ちょっと申し訳ないとでも言うかのように、眉が下がっている。

「大丈夫ですよ、植物から取れる凝固剤があって、それを使って固めたんです」

私はそう言いながら、アナさんを中央の椅子に案内する。そして、私がアナさんの向かいに座り、残りの取り皿やシルバーが置いてある席にミィナとマーカスが腰掛ける。

「ぜーんぶアナさんのために、ミィナが一生懸命考えて作ったんです！　さあ遠慮せず食べてください！」

まあまあ、と言いながら、アナさんがシワでくしゃくしゃの笑顔の上にこぼれた嬉《うれ》し涙《なみだ》を、ハンカチで押さえる。

「前菜とかの順もあるんだけど……。でも、アツアツの物はアツアツのうちにいただこうかね！」

そう言って、既に切込みの入ったチーズ載せトーストをナイフとフォークで取り皿に載せる。

そして、皿の上でカットした一切れを口に頬張る。

「ああ、熱くてとろける！　はふっ！　あつつつ……」

そう言いながらも、笑顔で嬉しそうに熱いトーストを食べるアナさん。

「これは初めて食べるけれど、パンとトマトソースとチーズがこんなに相性良かったなんてね！」

アナさんが食べ始めてくれたので、私達もそれぞれ食べたい物を取り皿によそって食べ始める。

『クリームチーズ』に鮭の燻製とディルを載せた物は、燻製された鮭の臭みをディルが爽やかに中和してくれて美味しい。

『まんまるチーズ』のトマト載せは、『まんまるチーズ』から染み出てくるミルクの感じが甘くてたまらない。そこにスッキリとしたトマトの酸味が絡んでくる。

サラダに載せたチーズもさっぱりしていて、みんな美味しかった。

食べ盛りの私達三人は、結局チーズケーキまで完食したけれど、さすがにアナさんのお腹《なか》には厳しい量だったらしい。ケーキはカットした物を持って帰ってもらうことにした。


食後、ミィナは食器洗いをしに一階に降り、マーカスがその手伝いで皿を運ぶのに階段を往復している。テーブルの椅子には、アナさんと私だけが食後の紅茶を飲みながら座っていた。リーフは自分の食事を終えて満足気に私の足元で眠っている。

「デイジー、本当に今日はありがとうねえ。みんな、ほんとに優しくていい子達だね」

目を細くしてニコリと笑うアナさん。

「ミィナがかなり頑張ってくれましたから」

私は少し照れくさくて謙遜して、首を振ってミィナの方を褒める。

「いや、デイジーもいい子だよ。優しい心を持って錬金術を使える子になら、私が使えなくなった物を譲ってもいいかしらね」

そうして、アナさんの昔語りが始まった。

アナさんは、私の国から一つ国を隔てた西の方の国で生まれて錬金術師になり、仲が良かった鍛冶師の男性と結婚したのだそうだ。元々は平和に暮らしていたのだが、結婚して少しした頃に政変が起こり、祖国は軍国主義を掲げる国王が治める国になってしまったのだという。

「私はね、元々は武器や防具のための金属の合成や、鉱山開発のために爆弾を作る錬金術師をしていてね。だから鍛冶師の旦那さんと縁あって結婚したんだ。だけど、変わってしまった国は、そんな私達に目をつけたんだよ」

夫婦が冒険者や国を守る騎士達のために作っていた剣や鎧《よろい》は、他国を攻める兵士のための物として量産を強要された。

そして、アナさんが鉱山開発のために作った爆弾は、他国の人間をたくさん殺すための兵器として使われた。

「辛くてね。……だから、仲間と一緒に国を出ることにしたんだよ」

だけど、旦那さんは「自分達が作った物を始末してから行く」と言って国に残り、そうしてアナさんはいまだに旦那さんとは再会出来ていないのだそうだ。

「私には子供もいないからね。デイジーに、私が持っている本や、錬金釜を譲らせてもらえないかい？　もう腰が痛くてね、重たい金属の加工なんか出来ないんだよ」

少し寂しいような、でも優しい顔で私の両手を包み込むように握って尋ねてくる。

そんなアナさんに、私は思わず心の奥で燻《くすぶ》っていた過去を、自然と吐露し始めた。

「……私は、以前、国王陛下に頼まれて、自白剤を作ったことがあります。結果、陛下のお身内に害をなそうとした二人が判明して、処刑されました。私は、間接的にとはいえ、人の命を奪いました」

その時の自分の未熟さが、今あったばかりのことのように思い出されて、私は自然と目が潤んでしまう。そんな私の告白を、アナさんは、黙って、ただ静かに聞いてくれていた。

「私はその時八歳でした。陛下のご家族を守りたいと、正義感に駆られて薬を作ったんです」

私は呟《つぶや》いてから、下を向いて首を横に振った。

「でも、私が作った薬のせいで人が死んだという事実を聞いて、私はそれを受け止めきれなくて、もう、人を傷つける可能性のある物は作らないと、陛下に我儘《わがまま》を言いました。私は、過ぎた力を恐れる臆病な未熟者です。そんな私に、アナさんの技術を引き継ぐ資格なんて、ないんです」

私はそう告白した。

「……デイジー」

アナさんが私の名を呼んで、私の両頬《ほお》をシワシワの手で包み込む。

「錬金術師はね、臆病なくらいでいいんだよ。そうじゃないと、うっかり間違った方向へ行ってしまうからね。でもね、デイジー」

アナさんが、言葉を区切って、今にも涙がこぼれそうな私の顔を上げさせる。

「デイジーの作った自白剤は、陛下か陛下の大事な人を守るために使われたんだろう？　それは、賢く優しい王様が治めるこの良い国が、そうであるために使われたんじゃないのかい？　だとすれば、デイジーはこの国のたくさんの人を救ったことになるんじゃないのかい？」

そう言われてみて、心のどこかにある澱《おり》が少し消えた気がした。

もし、あの時私が自白剤を作らなくて、犯人達がまた王子殿下を襲って、殿下が亡くなられてしまったら。もしかしたら、悪い人達が思い描くような悪い国になるという結末もあったのかもしれない。……アナさんの故郷のように？

私は、少し穏やかな気持ちになって、アナさんを見つめる。

「デイジー、力を恐れすぎちゃいけない。力や道具は、善きことに使うことも出来るし、悪いことに使うことも出来る。きちんとデイジー自身の心で見分けて、自分が作った道具を善きことに使える人に預けるのは間違いじゃないいんじゃないかね？」

アナさんが、私の心のある場所、胸を、トンと優しく手のひらで触れる。

そのトンと胸に触れる手の温《ぬく》もりに、同じように私の胸に触れたお父様を思い出した。自白剤で人が亡くなったと聞いた日、私がお父様に相談した時のことだ。

そして、お父様があの時教えてくださった言葉のその先を、アナさんは私に伝えようとしてくれている、そんな気がした。

「錬金術師は、毎回、そうやって悩んで考えるぐらい慎重でいいんだよ」

私は、やっと心の奥で燻っていた物が消え去り、すっきりとした気持ちになった。

「アナさん。私、アナさんの錬金術の技術を引き継ぎます。だから、私の師匠になってください！」
アナさんは、私の悩みにとても真摯に答えてくれた、優しく賢い人だ。
きっとアナさんは、私に、錬金術師としての心構えも技術も教えてくれるだろう。
私はそう思ったのだ。

第三章　私の鑑定はオプション付き！

アナさんは、「師匠なんて呼ぶのはなしだよ！」と条件をつけて笑いながら、それでも私にアナさんの得意分野を教えてくれることになった。

食事会の翌日、店の落ち着く夕方になってから、マーカスがアナさんに呼び出され、錬金術の古い本を何冊かと、錬金釜などの道具を荷車に載せて持ち帰ってきて、まだスペースに余裕のある作業室にそれらを並べてくれた。

その日の夜のことだった。眠ろうと思って、ベッドに腰を下ろし、上掛けをかけようとしていると、私の部屋が緑色の光に照らされた。

「久しぶり、デイジー」

私と一緒に眠ろうと、上掛けの中に潜っていたリーフがゴソゴソ出てきて、ピシッとおすわりの姿勢になる。そこにいらっしゃったのは、緑の精霊王様だったからだ。

「良い師匠にめぐりあえたようだね、デイジー」

そう言って、優しく私の頬を手のひらで撫でてくださる。私はその手の感触が心地よく、しばし目を瞑《つぶ》る。

「はい。アナスタシアさんという方に、まずは金属の調合を学ぶことになりました」

ゆっくりと瞼を開けると、まるでお父様のように優しい笑顔で、精霊王様が私を見下ろしていた。

「君の人生の一つの節目に、私から祝福として贈り物をしよう。デイジー、両手を出して」

促されるままに、私は両方の手のひらを差し出す。

精霊王様の手から私の手に載せられたのは、優しい光を放つ丸い玉が三つ。

「それから、これからの君の役に立つように、鑑定の力を少し改良してあげよう」

そう言って私の瞼を精霊王様の大きな手が覆う。

「ではね」

そう言って、精霊王様は消えてしまった。

なにかしら、これ。

私は鑑定を使ってみる……と、あれれれ。

【精霊王の守護石】
分類：宝石・材料　　品質：最高級
詳細：あらゆる守護の力を秘めた宝石。そのままでは力は発揮出来ない。金属に混ぜると耐腐蝕性が向上する。分割しても効力は下がらない。
気持ち：金属と混ざって、アクセサリーになりたいな。

……え？　守護石、って何？　というか、物の気持ちって何！

私の鑑定スキルにおかしなオプションが付いた。

「……アナさん、いますか？」

次の日、私はアナさんのお店に顔を出した。

「おやおや、デイジーから訪ねて来てくれるなんて嬉しいね。何かあったのかい？」

店の奥から、接客カウンターまで顔を出してくれた。


……何かあったかって、そりゃありましたよ。


「ちょっと、多分貴重な物を手に入れてしまって……。使い方を相談したいんです」

アナさんは、うんうん、と頷くと「じゃあ奥に行こうかね」と言って、私を店の奥にある休憩部屋に案内してくれた。

「これなんですけれど……」

そう言って私は『精霊王の守護石』をポシェットから取り出してアナさんに見せた。

「おやまあ。初めて見る宝石だけれど、実に優しい、だけど強いオーラを持った品だね」

「その宝石は、『精霊王の守護石』といって、かなり凄《すご》い守護の力を秘めているらしいんですけど、そのままじゃ力は発揮出来ないそうです。しかも、金属と混ざってアクセサリーになりたがっているようで……」

そこまで私が説明したところで、アナさんは、理解が追いつかないといった様子で私の言葉を止めた。

「いやいや、待ちなさい、デイジー。あなたはなぜこの宝石の名前と性質を理解していて、しかも、アクセサリーになりたがっているなんて、気持ちまでもわかっているような物言いをするんだい？」

……あ、しまった。アナさんに鑑定を持っていることを説明していなかった。

さすがに、師匠にあたる人に教えを乞うのに、私の持っている能力を説明しておく必要があるわよね。なので、私は鑑定のスキルを持っていることと、おまけで物の気持ちまで見えるようになったのだということを説明した。

「鑑定って、それだけでも国に仕えることが出来るようなスキルだし、持っている者は国内でも片手の指が余る程度だろう！」

まず、鑑定スキルを持っていること自体に驚くアナさん。

「それに『錬金術師』で鑑定を持っているなんて、とんでもない組み合わせじゃないか！　しかも、気持ちとやらで、素材がどう加工されたがっているかがわかるなんて……。いやいや、これはたまげた逸材だよ」

アナさんは、あまりに驚きすぎたようで、水を飲みたいと言って、水差しとコップを持ってきて、水を注いで一口飲んだ。

「こりゃあいい、『あの子』と組ませたら面白い物を作ってくれそうだ」

なにかブツブツ言っているけれど、『あの子』って誰のことかしら？

「……アナさん？」

私はそっとアナさんに声をかけてみる。

「いや、すまないね。こっちのことだから気にしないでいいよ。ところで、その宝石の気持ちとやらは、見ると必ず同じことを言っているのかい？」

「いえ、そこまではまだわかりません」

「じゃあちょっと試してみるかねえ」

フーム、と呟くと、「ちょっとこっちおいで」と、作業室まで誘導された。

アナさんは、足元にある戸棚の鍵を開けて、ゴトゴトと幾つか金属のインゴットを取り出して並べた。

「なんとなく、金属に近づけたら気持ちとやらのメッセージが変わるんじゃないかな、と思ってね。見てもらえるかい？　私の場合は相性のいい物同士を近づけると、オーラが強くなるって感じで相性が見えるんだよ。でも、デイジーの鑑定だったら、もっとよくわかるんじゃないかと思ってさ」

……鑑定以外にも物同士の相性がわかる才能を持った人っているんだ。凄いなあ。

「まずは金だね」

「『これもいいけど、コレジャナイ感がある……』と言っています」

……コレジャナイ感ってなんだろう？

「ふむ。いけそうだね。じゃあ、次は銀」

「『私を優しく抱きしめてくれる気がする。好き！』……だそうです」

……いや、恋する乙女なの⁉

「おや、だいぶ相性が良さそうだね。じゃあ次は白金」

アナさんは、次々と金属を替えて、物の『気持ち』を私に代弁させる。

『クールビューティーって好みじゃない』

……好みの問題なの？

「おや、好みじゃないのかい」

アナさんは、なんだか吹っ切れたように、『気持ち』とやらを受け入れてしまったようだ。順応性が高いなあ。

「じゃあ次は装飾品用の金属じゃないけど……、鉄」

『ありえないわっ！』

「ミスリル」

『だから私はアクセサリーになりたいのっ！』

「アダマンタイト」

『違うってばー！』

「オリハルコン」

『……私を何にしようとしているの？（涙）』

……宝石を泣かせてしまった……。

「ふむ、守護系の石だから、破魔の守りの力がある銀と相性がいいのかねえ」

ひととおり確認して、この宝石と銀を混合させることに決まったのだった。

「じゃあ、銀とこの宝石で金属の調合をしてみようかね。錬金釜がいるから、デイジーの工房に行こうかね」

そう言うと、アナさんは入口の扉に『アトリエ・デイジーにいます。御用の際は、そちらにお声がけください』と書かれた案内プレートを吊《つ》り下《さ》げて、銀のインゴットを私に預けて、戸締りをしてから場所を移動することにした。


……このプレート、準備いいなあ。


私との用事の時のためのプレートがあるなんて、なんだか、弟子として受け入れてもらえているようで、なんとなく嬉しくて心がほっこりした。

そして、二人で道路向かいの反対側にある私のアトリエに帰ってきた。

パン工房は、お昼時ということもあって、品定めをしているお客さんで賑わっている。そして、少し日差しの強い日なので、アイスティーと共にパンを店内で食べているお客さんもいる。

「「デイジー様、アナさん、おかえりなさい」」

パン工房の方で仕事をしていた、ミィナとマーカスが声をかけてくれる。

「「お、デイジー！　久しぶり！」」

お客さんの中に、王都がベヒーモスに襲われた時に奮戦した二人組の冒険者、レティアとマルクがいた。

マルクが愛想良く、よっ、と手を掲げて挨拶してくる。レティアは相変わらず少しぶっきらぼうで、愛想を振りまく器用さはないみたい。しかも、再会よりもパン選びに忙しいらしい。

「お久しぶりです、レティアさん、マルクさん」

私が挨拶の言葉をかけると、アナさんも会話に交じってきた。

「レティアにマルク。仕事は順調かい？」

あれ、二人はアナさんとも知り合いだったのか。王都って広いようで狭いのね。

「……んー。受けたい依頼があるんだけど、ちょっとばかし厄介な状態異常攻撃持ってるやつの討伐でさー。手が出せないんだよね」

頭をポリポリと掻《か》きながら、マルクが答える。

「だったら、もう少し待てば、このデイジーと鍛冶師の『あの子』がいいもん作れるかもね」

そう言って、アナさんがマルクに茶目《ちゃめ》っ気《け》のあるウインクをした。

……ん？　また『あの子』？

「おっと、マジ？　じゃあ、しばらくはここを拠点にしとくかな。あ、アナさん、俺らの宿屋ココね。なんか朗報あったら連絡ちょうだい。今、懐に余裕あるから、いいもんだったら真っ先に声かけて！」

そう言って、マルクがアナさんに宿の名前らしきものが書かれた紙切れを手渡すと、レティアの

買い物も済んだようで、二人は街の雑踏の中へ消えていった。

「デイジー、待たせたね。じゃあ、調合をしようか」

私は「はい」と答えて錬金工房の入口の鍵を開け、扉を開く。そして、そのままアナさんと二人で錬金釜の置いてある作業室まで歩いていく。

「デイジーは錬金釜を扱ったことはあるかい？」

アナさんに問いかけられて、私は首を横に振った。

「まず基本的な合金の作り方はね、混ぜる素材を錬金釜の中に入れて、そこにある撹拌《かくはん》用の棒に魔力をうんと注ぎ込むんだ。そうすると、金属が溶けるくらいものすごく熱くなる。そうしたら、撹《かく》拌《はん》棒でかき混ぜながら、違う物質が均等に混ざって、強く結合するように念じるんだよ」

あとこれっと……、と言いながら、アナさんが、部屋に無造作に置かれていた分厚い生地で出来たエプロンと分厚い手袋を渡してきた。私はそれらを身に着けて、撹拌棒を握りしめて錬金釜の前に立つ。

「じゃあ、『精霊王の守護石』と銀を釜の中に入れて」

指示されたとおり、その二つを錬金釜の中にそっと入れる。

やってみなさい、と言うように、アナさんに背を軽く叩《たた》かれる。


魔力を込めて、うんとうんと熱く……！

そう念じながら暫《しばら》く撹拌棒を握っていると、釜の中が熱くなって銀が溶け始め、作業室の部屋の空気も暑くなってくる。暑さと緊張でじんわりと私の額が汗ばんでくる。

一緒になあれ、一緒になあれ……。

撹拌棒を掻《か》き回《まわ》すけれど、鑑定で見ると、結合度が足りないようだ。

【ガーディニウム】
分類：合金・材料　　品質：低品質
詳細：あらゆる守護の力を秘めた合金。守護の力は分量によっての変化はない。だが結合度が低く、守護の力を発揮しきれないだろう。
気持ち：もっとぎゅっと抱きしめ合いたい！

……私、恋愛の仲人しているのかな……？

ん？『ぎゅっと抱きしめる』なんだよね？　そんなイメージで想像したら上手《うま》くいくかしら？

……ぎゅっと抱きしめられる……？

残念ながら私は子供で男性とのそんな経験はないので、お父様にぎゅっとされるイメージを思い出しながら撹拌棒を丁寧に回し続けた。

すると、錬金釜の底の方から強い光が溢《あふ》れてきた。

「よし、一度で感覚を理解出来るなんて、上出来だよ！」

アナさんが、私の背中を労わるようにぽんと叩いた。完成のようだ！

あとは、錬金釜の底の方に栓があるから、インゴット用の型を下に置いてから栓を開ける。すると、銀よりも一段階明るい色でキラキラ輝く液体状の金属が型に流れ出てきた。

「あとは、これをゆっくりと冷やすだけだね！」

アナさんも、出来た物の質が長年の経験でわかるようで、満足そうに頷《うなず》いている。

【ガーディニウム】
分類：合金・材料　　品質：最高級
詳細：あらゆる守護の力を秘めた合金。合金化したことで耐腐蝕性を得た。守護の力は合金の使用量によって変化はしない。
気持ち：もうずっと離れない♡

……でもさあ、合金作りって縁結びとかそういうものなの？

初めて合金の調合に成功した私は嬉しかったが、鑑定で謎の乙女心だか恋心のようなものを見守り続けた私の心は複雑だった。

そして、数日経《た》った。

「じゃあ、これ持って鍛冶師のところに行こうかね」

初めて作った『ガーディニウム』は、すっかり熱も冷めて落ち着いている。

それを見計らったように、アナさんが私のアトリエにやってきたのだ。

「うーん、もしかして前からアナさんが言っていた、『あの子』ですか?」

私はなんとなくそんな予感がして、アナさんに聞いてみた。

「ああ、そうそう! ドワーフの鍛冶師の知り合いの孫娘なんだけどね、まだ若いのにいい物を作るんだよ!」

なんて言うか、子供のようにワクワクしているといった気持ちが伝わってくるくらい、アナさんのテンションは高い。

「ミィナ、マーカス! デイジーをちょっと借りてくよ!」

……行くのは決定事項なのね。いや、いいんだけど。

「「はーい! 行ってらっしゃい!」」

二人に見送られて、私達は『ガーディニウム』を持って、鍛冶職人地区まで足を運ぶことになったのだった。勿論《もちろん》、リーフも一緒にお供する。

初めて足を踏み入れた鍛冶職人地区は、とても活気に溢れた場所だった。

カンカンとあちこちから響く金属を鍛える音。男達の掛け声に、陽気な鍛冶職人達の歌も聞こえる。

パッと見、人種的には人間とドワーフ半々といった感じである。

ちなみにドワーフというのは、一般的に背が低く筋肉質な、鍛冶や戦闘を得意とする種族である。職業柄、鍛冶神や火の神、大地の神を信仰することが多いらしい。そして、世に生み出された名品、伝説的な宝剣、宝飾品などは、彼らの手で生み出された物が多いのである。

そんな鍛冶職人地区の中の端の一軒の鍛冶工房の入口で、アナさんは足を止めた。

「ドラグかリィンはいるかい？」

扉の向こうに声をかけながら扉を叩く。すると、内側から扉が開いて、中から私と同じぐらいの背丈の少女が姿を現した。

真っ赤な髪の毛をポニーテールにまとめていて、瞳も同じガーネット色。女の子だからか、あんまりドワーフ特有のガタイの良さは感じない。

そして、なぜか同じ背丈なのに、豊かな胸。私はまだあんまり膨らんでいないわよ？

「あ、アナばあちゃんか。じいちゃんは出かけているよ。なんか用事かい？」

「いや、ちょっといい素材が出来てね。この子、デイジーっていう錬金術師なんだけど、この子がいい仕事をするのさ。だから、品物見せがてら、二人を会わせようと思ってね」

そう言って、アナさんが私の背を押して、その少女の前に向かい合わせる。

「錬金術師のデイジーと言います。最近アナさんに合金の作り方を教わっています」

私は、初対面なので、きちんと頭を下げて挨拶をした。

「アタシはリィン。ドワーフで鍛冶職人してる。背はほとんど同じじっぽいけどこれは種族のせいね。これでも、もう十八歳の成人だから！　ああ、そうだ。アタシはアクセサリーなんかの細かいもんでも、剣や鎧《よろい》でもどっちもいけるから。何か作りたい時には、よろしくな！」

リィンは快活に自己紹介して握手を求めて手を差し出してきた。手を差し出し返すと、力強く握り返されてブンブンと手を振られた。うん、元気で快活なお姉さんって感じ。

「ちょっと特殊な素材だから、中に入らせてもらうよ」

そう言うと、アナさんはさっさと慣れた様子で工房内へ入っていく。私もアナさんを追いかけるようにして中へお邪魔した。

……が、工房内にみんな入って扉を閉めたと思ったその時、リィンの体が黄金色に、私の体が緑色に輝き出した。

「これは一体何事だい」

間に挟まれた形のアナさんが驚いて私達を交互に見る。

私の背後には、いつも見なれた優しげな長髪の男性の姿の緑の精霊王様が。そして、リィンの背後には黄金色に輝く筋肉質で短髪の体格のいい男性が姿を現した。

「よう、緑の。相変わらずお前はその子供にくっついて歩いてんのか」

黄金色の人が緑の精霊王様に話しかける。

「土の精霊王……あなたも相変わらずそのドワーフの娘から目を離していないのか？」

なんと、リィンには土の精霊王様が付いている……、というか、愛し子《いとご》なのかな？

「えっと、デイジー。アンタも精霊王の愛し子なのか？」

『アンタも』ということは、やはりリィンも、ということなのだろう。愛し子同士、正直に打ち明けることにした。

「……うん、緑の精霊王様からご加護を頂いているわ」

っていうか、精霊王様が出てきちゃっていたら隠しようもない。というか、アナさんが腰を抜かして床にお尻ついちゃっているし！　ってことは、アナさんにもバレちゃったわ！

ところがそんな私の心配を他所に、高貴な方々は勝手に舌戦を始めている。

「ドワーフの娘とか言うな、リィンという愛らしい名前があるのだ！　それにただのドワーフじゃない！　今は亡きドワーフ王国の王族の血筋なのだぞ！」

土の精霊王様が拳を握って呼び方の訂正を求める。それと、土の精霊王様の言葉からすると、リィンは亡国の王女様かもしれないのかな？

「私の愛し子だって、デイジーという可憐《かれん》な花の名前を持ち、優秀かつ伝統ある貴族家の娘だ。賢く研究熱心で、我らの眷属《けんぞく》の者を慈しむ優しさも持ち合わせているのだぞ」

緑の精霊王様も応戦して、なんだか私の自慢を始めている。

「リィンだってうちの眷属に優しいぞ！　それにな、金属を鍛えている時の、真剣な瞳とその横顔は神々しいくらいだ！」

「だったらうちのデイジーだって、調合する時に悩み抜いた末に、品が出来上がった瞬間の、あの笑顔……！　とても可愛《かわい》らしいのだ！」

そして、リーフも、おそらくリィンの守護獣なのだろう、明るい茶色の毛の子ライオンと、「ウーッ！」「ギャーウ！」と睨《にら》み合《あ》っている。

……えっと。なんだろう、この騒ぎは。

高貴な方々の舌戦は延々と続き、だんだん低レベルなうちの子可愛い合戦になってくる。

保護者同士の争いもここまで来ると恥ずかしい。

「ちょっと！　土の精霊王様、そんなところ見てらしたんですか！」

親方であるお祖父《じい》さんに怒られて泣いたところとか、ちょっと恥ずかしいシーンを暴露されて真っ赤になって慌てるリィン。

「緑の精霊王様、その時いらっしゃったんですか⁉」

私もお母様に叱られたり、実験中に変な顔をしたりしているところまでバッチリ把握されていることを知って、抗議する。

「「そこまでの覗《のぞ》きは禁止です‼」」

愛し子達の苦情が挟まってきたので、ようやくうちの子可愛い合戦が終了した。

「ン、コホン。そういうことで、リィンと物作りすると面白い物が出来ると思うから。うちのリィンをよろしくたのむぞ！」

そう言い残して消えていく土の精霊王様。

「まあ、そういうことです。私のデイジーと協力することで、良い物が作れるでしょう。リィン、デイジーと仲良くしてやって欲しい」

そう言い残してやっぱり消えていく緑の精霊王様。

そして、好き勝手に騒ぐだけ騒いでいった高貴な方々に取り残される三人なのだった……。

「「あ、覗き禁止って約束してもらってない‼」」

愛し子達はあとになって気がついて、顔を見合わせて、しまったという顔をする。


精霊王様達が去って、私達は暫《しば》し呆然《ぼうぜん》とする。

アナさんなんか、まだ尻もちをついたままだ。

「精霊王様のお姿を拝めるなんて、しかも二柱も……」

アナさんは手を合わせる。

「にしても、似たような二人だと思っていたら、どっちも精霊王様の寵愛《ちょうあい》持ちだなんて。どうりで二人とも似た雰囲気を持っている訳だ。いやあ、二人が手を組んだら面白いことになりそうだね！」

アナさんは不敵な笑みを浮かべると、よっこらしょ、と起き上がる。

「……ン、なんか精霊王様達に振り回されたけど、アタシに何か見せたくてきたんだろ？」

リィンも、先程の騒ぎから気を取り直したのか、本題に戻ってくる。

「そうそう、いい合金が出来たんだよ！　ほら、デイジー、見せてやって」

アナさんに促された私は、ポシェットの中からインゴットを取り出した。

そうそう、このお気に入りのポシェット、アトリエ建設期間に、大枚はたいて容量増加の空間魔法と時間停止の魔法を付与してもらったので、インゴットでもらくらく入るのだ。しかも、どれだけ入れても中身の重さは感じない優れ物だ。

『ガーディニウム』のインゴットを私から受け取ったリィンが、目をまん丸くする。

「ちょっとばあちゃんにデイジー、これ凄《すご》い代物だよな。中に秘めてる守護の力がもの凄いんだけど……。これ、国宝級の物出来ちゃわないか？」

……うーん、どうせ緑の精霊王様もさっきいらしたたし、いいかな。

「それね、緑の精霊王様に頂いた『精霊王の守護石』と銀を混ぜた物なのよ。多分身に着けて離さないようなアクセサリーにすると、いいんじゃないかなって思うの」

そして、ついでに鑑定で確認した『分割しても効力は下がらない』ことも付け足した。

「うんうん、なるほどね。そうするとペンダント、指輪、ブレスレット……いや、指輪だな。利き手じゃない方に着ければ邪魔にならないだろうし。結構数出来ると思うけど、デイジーは幾つ欲しいの？」

あ、そういえば考えてなかったわ。

「……約束しているマルクとレティアでしょ。家族にも欲しいし……、そうしたら、まず陛下御一家にも献上した方がいいわよね」

私は思いつく順で対象を挙げていく。

「うちのじいちゃんと、アナばあちゃんの亡命組には欲しいなあ。あとは、アタシも欲しいな。国が保護してくれているとはいえ、備えを強められるに越したことはないし。万が一にでもシュヴァルツリッター帝国に手を出されたら困るからね」

シュヴァルツリッターって、アナさん達が脱出してきた、一つ国を挟んだ軍事国家だったわよね。だったら、彼女達には必要よね。

「そうすると全部で十四個ね。そうだ、大きな力がある装備品がたくさんありすぎると、先々悪い人の手に渡って悪用されたりしないかしら？」

私が、『凄い装備品』を作ることについて躊躇《ため》いがあることを口にしてみる。

すると。

「ふっふっふ」

リィンがニヤリ、と自信ありげに口の端を上げて笑う。

「そこが、リィンの『特別』さの見せどころだね」

同じくアナさんもニヤッと笑う。

「んー、これでいいかな。これ、なんの付与もないバングルね」

そう言って、リィンが工房内の作業テーブルに無造作においてあったバングルを持ってくる。

……ん？　付与？

そして、バングルの内側を指でなぞって何かブツブツと唱えた。

「この文字が見える？」

「なんか、文字っぽい物が刻まれたわね。でも、これ見たこともない文字だわ」

そう、リィンが指でなぞった跡には、バングルの内側に謎の文字（？）が刻まれていた。

「これね、ドワーフ王国の古代文字で書いた文言を、当時の古代魔法で付与してあるんだよ。ちなみに意味は、『悪《あ》しき心を持つ者には効力を発揮せず』だよ」

ふふん、と自慢げに説明を続けるリィン。

「しかも、この古代の付与魔法を理解しているのはアタシだけ。だから解除も、アタシ以外不可能って訳。解除するには、アタシと同じようにこの古代文字と古代魔法を理解していることが必要だからね」

そう言って、リィンはパチンとウインクする。

「リィン、素晴らしい力だわ‼」

思わず私は、ぐっと両手の拳を握る。

リィンの凄い能力に、私は感動して、彼女を称賛の眼差《まなざ》しで見つめる。すると、「照れくさいからやめろ」と笑って頭をポンポンとされた。

「じゃあ、このインゴットから指輪を作るってことで。仕上がったらばあちゃんのところに持っていくから、ちょっと待ってな」

決め事も済んだので、私とアナさんは、帰宅したのだった。

そして、一月ほど経《た》ったある日、私のアトリエの扉が来客を知らせるドアベルの音と共に開いて、アナさんとリィンが訪ねてきた。

「よっ！　デイジー久しぶり。ちょっと細工に凝っちゃって、日数かかって悪かったな。例の指輪出来上がったよ」

そろそろ初夏の陽気だったからか、外から来たリィンが額に汗を滲《にじ》ませている。

「いらっしゃい、リィンにアナさん！　大切な物だから、二階の居間で話しましょう、中に入って！」

私はそう言って、上り階段を二人に指し示す。

私は一度厨房《ちゅうぼう》へ寄って、今日パン工房で提供しているさくらんぼの冷えた果実水を三つトレイに載せて、あとから階段を上がっていった。

「座って、座って！　外暑くなってきたでしょう、良かったら飲んでください」

そう言って、グラスを三つテーブルに載せた。リィンとアナさんと私は椅子に腰を下ろして、グラスをそれぞれ手元に引き寄せた。

「あー生き返る！」

リィンはやはり暑かったらしく、一気に半分ほどを飲み干していた。

「で、本題ね」

一息ついて、リィンがウエストバッグから作り上げた指輪を出してくる。予定どおり全部で十四個。表面には、ツタのような植物がぐるりと一周彫り込まれ、上品で美しいデザインになっていた。

「サイズは嵌《は》めたい指に自動で合うようになってるよ」

リィンが補足説明を加える。

【守護の指輪】
分類：装飾品　品質：最高級
詳細：あらゆる状態異常を防ぐ。時間経過と共に装備者の体力を徐々に回復する。特殊な付与術により悪意を持った人間が装備しても効果は発揮されない。
気持ち：いい人に身に着けてもらえるといいな！

……これはまた凄い物が出来たわね。


この顔ぶれなら、鑑定のことも理解しといてもらっていいか、と思ったので、鑑定で見た結果を二人に伝えた。

「そりゃまた凄い物が出来たね！　これはマルクとレティアも絶対欲しがるね。連絡してやらんと！」

アナさんは、品物の出来に大満足なようだ。

「ねえアナさん、あの二人だけに買わせてあげたら、他の冒険者がずるいって言わない？」

私は気になっていたことをアナさんに質問した。

「ああ、デイジーはあの二人のことをよく知らないんだね。あの二人はね、この国の守護者みたいな存在なんだよ」

代わりにリィンが説明してくれる。

冒険者というものは、SランクからFランクまで実力によって区別されている。勿論《もちろん》Sランクが一番上だ。

Sランク冒険者というのは世界に三人しかおらず、しかも大抵様々な国の要人や冒険者ギルド本部からの特殊な指名依頼を受けて、難易度の高いクエストをこなしており、どこにいるのかも知られていない。一般人はまずお目にかかることのない遠い存在である。

レティアとマルクはその次のAランク冒険者で、この国の国王や領主、国内の冒険者ギルドから指名依頼を受けて、その地域では退治出来ない魔獣などを倒してくれるため、この国の守護者的立場なのだという。勿論、個人的な自由行動をすることもあるが。

うーん。二人が国の守護者？　じゃあ私のお父様は二人より弱いのかなあ、とちょっと引っかかった。尊敬するお父様のことだから、娘の私がそこに引っかかるのは当然よね？

「うーん。それじゃあ二人は国の騎士団や魔導師団の人より強いの？」

だから、私はちょっと唇をとがらせて、リィンに尋ねた。

「どちらがって言うより、適材適所じゃないかな。相手によって相性もあるからね。騎士団や魔導師団の上位の人はAランク相当の実力の持ち主だって聞いてるよ」

そのリィンの説明に、私はほっと胸を撫《な》で下《お》ろす。

「ところで、お金のことはどうしよう。そもそも精霊王様に頂いた宝石と、アナさんが持っていた銀のインゴットから出来ただけだから、ほとんどタダで作ったようなものなのよね」

私は腕を組んで首を捻《ひね》る。

「国王陛下ご一家へは献上するとして、お互いの分とその身内の分は、二人で作ったんだから特に料金なしでいいんじゃない？　……っと、違うか。希少な素材持ち込みなんだから、勝手にこっち分貰いたいみたいなこと誘導しちゃダメだったな」

リィンが慌ててそう言うので、私は、大丈夫、と首を横に振る。

「アナさんは私の師匠だし、リィンはこれから私のパートナーになってくれる人。そしてあなたのお祖父さんっていったら、みんな私の大切な人だから問題ないわ！　それに、リィン達が前の国に誘拐でもされたら、また戦争とか悪いことに力を使われそうだし……。そうなったら大変だもの」

それに、そもそもリィンの特殊な付与術があるから、私はこのインゴットをアクセサリーにしようと思えたのだ。

「あとは、マルクとレティア、よねえ」

なんか二人だけに料金請求するのって、どうなんだろうなあ。しかも立場は違っても、お父様のように、この国を守ってくれている守護者さんなのよね。と、私は値段をつけるのを躊躇った。

そんな時、リィンが意見を出してくれた。

「それなんだけどさ。私達って、素材採取に行かなきゃならない時あるじゃない？　その時の無料護衛依頼権しかも無期限で、っていうのはどうかな？　あの二人の指名料もなかなかいい値段するからさ！　で、その分、代金は受け取らない」

「リィン！　頭いい！」

私はぎゅっとリィンの手を握った。

「じゃあ、アタシ達三人はさっさと身に着けてみよっか！」

私とリィンとアナさんが、特に意識するでもなく左手の中指に揃《そろ》って指輪を嵌めようとした時のことだった。

背後が、緑と黄金色に神々しく光った！（デジャヴ）

「デイジー、私があげた宝石から作った指輪だよ？　嵌めるなら左手の薬指がいいのではないかな？」

「そうだリィン！　俺達精霊王の守りの指輪だ、愛《いと》し子《ご》なら当然左手の薬指だよな？」

一ヶ月前に散々騒いだ高貴な方々の声が背後からした。


……左手の薬指って、お父様とお母様がお揃《そろ》いの指輪をしている指だよね？　どうして私がその指に指輪を嵌めるべきなんだろう？

「せ～い～れ～い～お～う様達～‼」

リィンが、ガタンと立ち上がって精霊王のお二人に向かって立つ。

「それじゃあ、婚約指輪か結婚指輪みたいじゃないですかっ！」

リィンは怒りで真っ赤になっている。精霊王様にも強気で凄いなあ。

「……デイジー、私のために左手の薬指に嵌めないかい？」

「……ちょっと仰《おっしゃ》っている意味がよくわかりません」

どうやらリィンの言葉どおりならとても大事なことのようだ。なので、私は子供らしく、よくわかんないですって感じにニッコリ笑って首を傾《かし》げた。

「……リィン」

「……却下」

こちらは即答だった。

すると、精霊王様達は、なぜかお二人で顔を見合わせて、笑って肩を竦《すく》めていらっしゃる。その顔は、悪戯《いたずら》が失敗して露見したかのような表情だ。

「全く。薬指に嵌めてもらえば、変な男が寄り付かないだろうという、虫除《むしよ》けを願う保護者の気持ちをわかってくれないなんて、つれない子達だね。まあ、我々もちょっとからかいが過ぎたかな？」

「本当、それな」

土の精霊王様が声を上げて快活に笑う。

……『うちの子が一番可愛《かわい》い』が終わったら、今度は仲良く共同戦線なの？

お二人はなんだかんだ言って、仲が良いようだ。

緑の精霊王様と土の精霊王様は、仕方ないといった表情で頷き合う。

そしてお二人は、私達の手から指輪を取り上げると、精霊王様達の手で、私達の左手の中指に指輪を嵌めてくださったのだった。

その横で、アナさんは私達の様子を微笑《ほほえ》ましそうに眺めながら、自分で中指に指輪を嵌めた。

「ただ、せっかくこういう指輪という形に出来たのだから、私達からの加護を付けさせておくれ」

「ああ、それがいい！」

お二人はそう宣言すると、私とリィンが中指に嵌めた指輪を二柱の精霊王様達が、それぞれ指先で触れて何かを唱えた。すると、私には緑色の石が、リィンには黄金色の石が付与された。

そしてお二人は満足そうに消えていった。

【緑の精霊王の守護の指輪】
分類：装飾品（デイジー専用）　品質：超最高級
詳細：あらゆる状態異常を防ぐ。時間経過とともに装備者の体力を徐々に回復する。特殊な付与術により悪意を持った人間が装備しても効果は発揮されない。さらに宝石の力によって、攻撃を受けた際に自動で物理障壁と魔法障壁を展開する。
気持ち？：我が愛《いと》しい娘に手を出すなら、保護者（緑の精霊王）に挨拶に来い！

【土の精霊王の守護の指輪】
分類：装飾品（リィン専用）　品質：超最高級
詳細：あらゆる状態異常を防ぐ。時間経過とともに装備者の体力を徐々に回復する。特殊な付与術により悪意を持った人間が装備しても効果は発揮されない。さらに宝石の力によって、攻撃を受けた際に自動で物理障壁と魔法障壁を展開する。
気持ち？：我が愛しい娘に手を出すなら、保護者（土の精霊王）に挨拶に来い！

……とんでもない加護を付けていただいてしまった。

しかも精霊王様、物の気持ちをメッセージ欄として奪っていませんか？

だって、『気持ち？』って、『？』付いちゃっているし。

このメッセージまで、リィンに教えてあげた方がいいのかなあ。

ちょっと悩んだけれど、適齢期（十八歳）のリィンにこのメッセージは重すぎる気がする。親相手でも大変だと聞くのに、相手が聖霊王様！　恋愛でも結婚でも、ハードルが高すぎるわ！

ということで、彼女にはしばらく内緒にすることにした。

……あ、そうだ！　呆《ほう》けていてはいけない。

まだ、指輪を渡さなくちゃいけない人達がたくさんいるわ。

実家に連絡して集まってもらわなきゃ！　それと陛下にも謁見の申し入れをしないとね！

マーカスにお使いを頼んで、実家と王室ご一家宛にしたためた手紙を届けてもらった。

するとまず、次の安息日にレームスお兄様が帰省するので、その時に家族で集まりましょうという話になった。

◆

安息日当日。

マーカスは実家に顔を出すと言い、ミィナは私と一緒にプレスラリア家にお供したいと言うので、二人で一緒に帰宅した。

自宅に帰ると、レームスお兄様が、私のことを今か今かと玄関で待ち構えていた。だって、まだかまだかって言いながら玄関をウロウロしているんだもの。かなりびっくりしたわ。

……え？　久しぶりと言っても大袈裟《おおげさ》じゃない？

そう告げる間も与えられず、私は玄関に入るなり駆け寄ってきたお兄様にぎゅっと抱きしめられた。

「聞いてよデイジー！　君のおかげで凄《すご》いんだよ！」

割と穏やかな気性のお兄様にしては興奮度が凄い。どうしちゃったのかしら？

「えっと、お兄様、興奮してどうしたの？」

抱擁をお返ししてから、お兄様の顔を見上げる。なんて言うか、ちょっと背が伸びた気がする……。

「魔力量だよ！　デイジーが気づいたとおり、魔力を使い切って寝るっていうのをちゃんとこなしていたんだけどね。そのおかげで学院の入学試験の能力検査で、魔力量で前代未聞の最高値更新しちゃったんだよ、僕！　それで先生達がみんなして、将来の賢者かって大騒ぎさ！」

「ありがとう！」って叫んで、またお兄様にぎゅっとされた。

……ふふ。よっぽど嬉しくて言いたくて仕方なかったみたい。

「お役に立てて嬉しいわ、お兄様！　たくさんお勉強して立派な魔導師になって、お父様のお力になってね！」

「勿論さ！」

そう言うと、お兄様はやっと抱きしめる腕の力を緩めて、ニコリと笑って片手を差し出す。

私はその手を取ると、仲良く手を繋《つな》いで並んで居間に移動したのだった。ミィナは、厨房のある方へ歩いていった。

居間に着くと、もう既に家族全員が揃っていた。

「あらあら、賑やかだと思ったら、やっぱりレームスに捕まっていたのね」

お母様が手を繋いでやってきた私達を見て、微笑ましげに笑みを浮かべる。

「私も来年入学よ！　お兄様の結果を聞いたら、今から入学試験の結果が楽しみになってきたわ！」

ちょっと気が早いお姉様。でもなあ、単純な計算だと、お姉様の方が入学まで一年先な分、お兄様の記録をさらに上書きするんじゃないかしら……。

「デイジーの洗礼式の時は本当にどうなるかと思ったが、結局デイジーは幼くして陛下の覚えもめでたい錬金術師として、既に頭角を現しつつあるし、レームスとダリアも魔導師としての将来が非常に楽しみだ。我が家の子供達は、まるで神に祝福されているようだね」

「まあまあ、貴方《あなた》。確かに素晴らしい子供達に恵まれましたけど、親馬鹿が過ぎますよ」

お父様は久しぶりに揃った子供達の成長ぶりに目を細めている。そしてお母様は、そんなお父様を微笑ましそうに見ていた。

「そうそう、今日集まっていただきたいって言ったのはね、みんなにプレゼントがあるからなのよ！」

そう言ってみんなの元を回って、一人ずつ、『守護の指輪』を手渡していく。

「……これは、随分力を感じますけど……。魔道具かしら？」

お姉様が真っ先にその力を感じ取ったらしい。魔導師としての勘が一番鋭いのは、実はお姉様なのかしら。

「はい、これは『守護の指輪』と言って、あらゆる状態異常を防ぎ、装備者の体力を徐々に回復する魔法の指輪です。お父様、そして、お兄様、お姉様もゆくゆくは国のために魔獣退治などの戦場に赴かれるでしょう。そしてお母様は、私の大事なお母様だから、身に着けていて欲しいのです」

「ちょっと待て、デイジー、あっさり説明するけれど、説明が正しければこれは国宝級じゃないのか？　ええと……デイジーが作った……のか？」

お父様は話を聞いて冷や汗をかいている。そして、指輪を持つ手が震えている。それは当然かもしれない。結局私達は値を付けなかったけれど、付けたとすれば大変な代物だ。

「とある方のご好意で頂いた守護石と銀を混ぜて、私と、師匠になってくださった方と一緒に合金にしました。そして、お姉さんのように親しくしてくださる鍛冶師の方に依頼して、指輪の形に作っていただいた物です」

私は、『精霊王様』のところは伏せて、指輪が出来た経緯を説明した。

「……お父様、僕達家族だけという訳にも……。ここまでの品、まずは陛下方に献上するのが筋じゃないかと思うのですが……」

お兄様も、さすがに国宝級の代物を「はい、着けて」と言われても困惑するといった様子だ。

「デイジーのことだから、そこはしっかり陛下御一家の分は確保していそうですけど。どうなの？」

お姉様はやっぱり勘がいいわ。というか、私のことを良くわかっているのかしら？

「お姉様のご推察のとおりです。陛下には、献上したい旨をお手紙にてお伝え済みです」

そう、ちょうど今、日程を調整してもらっているところだ。

「それだったら、私達一家が娘の好意に甘えても構わないんじゃないかしら。それにデイジーがこれを私達に身に着けて欲しいと願うのは、私達を大切に思ってくれているからよね？」

お母様の言葉に、私は頷《うなず》いて答える。すると、お母様が私ににっこり笑って頷き返してくれた。

「ヘンリー、私は貴方が仕事で傷つかないか、いつも不安でおりますから、貴方が、そして、将来レームスやダリアも、この指輪の加護を受けられるのでしたらとても安心ですわ」

お母様が、お父様達に向かって、身に着けて欲しいことを私に加勢して伝えてくださった。

「ああそうだわ、デイジー。ご好意で貴重な品をくださった方や、手伝ってくださった方達にもこれを受け取っていただいたか、相応のお礼はしたんですよね？」

そのお母様が、今度は私の方に向き直って確認を取ってくる。

「手伝ってくださった方達にもちゃんとお渡ししていますから、大丈夫です。……あ。でも、守護石をくださった方にはご好意に甘えっぱなしです……」

ふっと、あまりに精霊王様達が遊びにいらっしゃって、からかっていかれるから、きちんとお礼をしていないことに気がつかなかったわ……。お母様の言葉で、初めて気づくことが出来た。

「じゃあ、その方が喜んでくださるようなお礼をしなくちゃね、デイジー」

「はい！」

私はお母様ににっこり笑って頷いた。

結局、お父様もお兄様も納得してくださって、家族みんなで同じ指輪を嵌《は》めることになった。


その夜は、ミィナが特製チーズづくしのお夕飯を披露した。

あっつあつのチーズを載せて焼いたじゃがいものグラタン、ホロホロチーズのサラダ、まんまるチーズのスライスのトマトバジル載せ、チーズケーキ。

家族にも大好評！

楽しくっていい夜だった！　やっぱり家族は最高！

第四章　精霊王様へのプレゼント

「そういう訳でね、精霊王様達になにかお礼をしたいと思うのよね」

私は今、ドラグさんとリィンの工房に出向いて、リィンとテーブル向かいに座っている。そして、今日もドラグさんは出かけているそうなので、遠慮なく精霊王様のことを話題にしているのだ。

「ん～。精霊王様、ここから先は暫く覗《のぞ》き禁止っ！」

ブンブンと頭上でリィンが腕を振り回している。効果あるのかしら？

「ダメですよ～！　サプライズなんですからねっ！」

私も頭上に向かって叫んでみた。うん、聞いてくださっているといいな。

「さて、本題に入ろうか！」

リィンが私の方に体を向けた。

「うん！」

私は大きく頷いた。喜んでいただける物を頑張って考えなくちゃ！

「まずは、デイジーとアタシの手が、両方加わってるってことが大事だよな」

そうね！　と私は同意する。

「私が作った合金で、リィンが細工して、と協力した物がいいわね」

すると、同じようにリィンがうんうん、と頷く。

デザインはっと……。

「やっぱりお揃《そろ》いが喜びそうな気がする……」

私がぼそっと呟く。

「そうだよね。作る素材が違うんだったら、せめてデザインは同じにしたいね」

リィンも同意して頷いてくれた。

「絶対喜ぶよー！　お揃いなんて知ったら照れるかな？」

と言って、プレゼントをする時のことを想像して、二人で顔を近づけてクスクス笑う。

「採取に行くのはちょっと急で無理だから、素材屋さんで物色したいんだけれど、付き合ってもらっていいかな？」

私はリィンに頼んでみる。すると、オッケー！　と気持ちよく返事をくれた。


そして、二人と護衛の二匹で素材屋さんが集まる通りにやってきた。当然、護衛はリーフとリィンの聖獣であるレオン。

街の通りを見回すと、街路樹が初夏の濃い色合いになり、私達に降り注ぐ日差しは強めで、少し汗ばむ陽気だ。

そうして素材商の店が立ち並ぶ通りを歩いていると、宝石や魔法石を取り扱う店のうち、一軒の店に目が止まって、そこで物色することにした。

なんて言うか、ここにあるって気がしたのよね。

「「こんにちは」」

「いらっしゃい！　お嬢さん達は何をお探しかな？」

店主らしい男性が、子供相手と侮る様子もなく、気さくに用件を尋ねてきてくれる。

良かった！

「私は錬金術師で彼女は鍛冶師なんです。二人で守護効果のある合金を作って、アクセサリーにしたくて、素材を探しに来たんですけど……」

そう説明するも、初めての店で勝手がわからず、店内をキョロキョロ見回す私達。

……たくさんありすぎて、わからない！

「こっちのガラスケースの中に飾ってあるのは、宝石として価値が高いか、魔法石として特殊な効果がある物を置いてるよ！　あっちの木箱に入れられているやつは、もし掘り出し物を見つけられたらラッキー！　って感じかな？　そこの木箱の物は、どれも一個大銅貨五枚でいいよ」

困っていると、店主は気さくに店内の商品の配置を教えてくれた。

まず、ざっとガラスケースの中の物を鑑定で見て、ピンとくる物がないかを探す。

……なんかイマイチだなあ。ちょっとピンとこない。

ダメ元で、木箱に放り込まれている色々な石を順番に手に取って探してみた。

……これも違う。

……これは綺麗《きれい》なだけ。

……あら？

【幸運の石】
分類：宝石・材料　　品質：中級品～高級品
詳細：幸運を呼び込み、災いを退ける不思議な石。そのままでもいいが合金にしても効果は損なわれない。ある金属と混ぜた場合、効力が倍増する。
気持ち：僕といれば幸せになれるよ！

……鑑定結果で、『中級品～高級品』っていうのは初めてね。合金の作り方か、組み合わせによって違いが出るのかしら？　実は凄い物になったりするかも？

それは、手のひらに載る河原の小石サイズで、柔らかな乳白色の白雲母のような光沢と模様を描く、優しい色合いのつるりとした石だった。鑑定の結果もだけれど、なにか惹《ひ》かれるものがあったのよね。

私はその石を手に取って、鑑定した結果をリィンに説明すると、「お、それいいんじゃない？」

と同意してくれた。そんな彼女に耳打ちで相談する。

「ねぇリィン。精霊王様にはこれで私達とお揃いの指輪を作るとして、余った合金でペンダント三個分にしてもらうのって可能かしら？」

「うん、前みたいなインゴットサイズでくれるなら十分だと思うよ」

……これなら、ミィナとマーカスにお留守番やお使いを任せても、事件に巻き込まれる可能性は減るわよね。それに、カチュアにも色々店の経営のこと見てもらっているからお礼をしたいし！

「店主さん、石はこれにするわ。ここのお店には純銀とかのインゴットは置いているかしら？」

ガラスケース越しに立っている店主に、『幸運の石』を一個差し出して、店主に尋ねた。

「おや、お嬢さんは掘り出し物を見つけたのかな？　金属はアクセサリー用なら幾つか揃えているけれど、出してみるかい？」

「お願いします！」

良かった、あちこち回らずに済みそう！

「純銀だと……『まあ、いいかもね』か」

「金は……『僕とお似合いじゃないの見てわからない？』」

「ミスリルだと……『大人の階段を上がりたいな♡』？　お相手のミスリル側は……『一人前にしてあげる♡』」

ハートがついているってことは多分、とても相性がいいってことよね。お互い乗り気みたいだし。

「ミスリルが相性良さそうだから、ミスリルのインゴットを一個ちょうだい。あとは、私のこの指輪のような小ぶりの宝石は扱ってないかしら？」

「それだと、ウチより向かいの店の方が、宝石自体の扱いは多いから、色々選べると思うよ！」

そう言って、店の窓から見える向かいの宝石店を指さして教えてくれた。

私達は、その店で会計を済ませ、向かいの店へ移った。

向かいの店主が言っていたとおり、その店には、同じ緑にしても色んな色合いやサイズ、カットの石が取《と》り揃《そろ》えられていて、選ぶのに苦労はしたが、『お揃い』と言えるような色合いとデザインの石を買い求めることが出来た。

……さあ、頑張って作らないと！


さーて！　まずは私の番よ！

私は自分のアトリエの実験室に入って、気合を入れる。

合金作りのためのエプロンも手袋も、バッチリ装備済み！

錬金釜にミスリルと『幸運の石』を入れて、攪拌《かくはん》棒をぎゅっと握りしめる。

『みんなを幸せで、素敵な笑顔に出来る金属になってね……！』

私は瞼《まぶた》を閉じて、暫く祈りを込める。

そして、ぱちん、と目を開いた！

「さあ！　始めるわよ！」

魔力を込めて、うんとうんと熱く……！

そう念じながら暫《しばら》く撹拌棒を握っていると釜の中が熱くなって、銀よりも時間がかかったが、ようやくミスリルが溶け始めたので、私は錬金釜の中を、撹拌棒《かくはん》でぐるぐるとかき混ぜ始めた。
「さあ、一緒になって……!」

【フォーチュニウム】
分類：合金・材料　品質：低品質
詳細：幸運を呼び込む力を秘めた合金。その力は分量によっての変化はない。だが結合度が低く、幸運の力を発揮しきれないだろう。
気持ち：ちょっと混ざり合いが少ないかな……。もっとそばにいたい。

……うん、まだ溶かして混ぜただけだもんね。もっと一緒にしてあげるわよ!

【フォーチュニウム】
分類：合金・材料　品質：中級品
詳細：幸運を呼び込む力を秘めた合金。その力は分量によっての変化はない。幸運の力を十分発揮出来るが、もう一段階上を目指せるはず!
気持ち：ミスリルさんと一緒に、大人の階段を上りたい!

……うん、あともう一歩！　秘めている可能性を私に見せて……！

そうしてぐるっと撹拌棒をもう一回し。

【フォーチュニウム】
分類：合金・材料　　品質：高級品
詳細：幸運を呼び込み、不幸を退ける力を秘めた合金。その力は分量によっての変化はない。持ち主に災いが振りかかろうとすると、自然と持ち主を回避行動へと誘導する不思議な合金。
気持ち：僕達といれば悪い物なんて寄せつけないよ！

やったあ！　完成したわ！　高級品だし、素材の可能性までちゃんと引き出せたから、バッチリね！

私は達成感に両腕を腰に当てて仁王立ちする。興奮で少し鼻息が荒く、頬《ほお》も紅潮しているのか、ちょっと熱《ほて》っているのを感じる。

錬金釜の栓を抜いてまだ熱い液体状の合金をインゴット型に注いで、静かに数日待った。

インゴットをリィンに渡して二週間後。出来上がった品を持って、リィンが私のアトリエを訪ねてきてくれた。

「やあ、デイジー！　仕上がったから届けに来たよ！」

そう言って、ドアベルを鳴らしながらアトリエの中に入ってくる。

「じゃあ、二階で見ましょうか！　飲み物持ってくるから、先に行って座っていて！」

今日はスモモの果実水。キーンと冷えたそれをグラスに二つトレイに載せて二階へ向かった。

二階のダイニングに着くと、グラスをテーブルに載せて、向かい合って腰を下ろす。

お互い、一口グラスに口をつけて喉を潤す。キーンとした冷たさとスモモの甘酸っぱい感じが口内をスッキリさせてくれる。

「ふう。っとそれでね、こんな感じにしてみたよ」

指輪が石違いで二つ。私達のよりも多めに金属を使って、太めのデザインになっている。

「男性向けだからね、揃いだけど少し太めにしたよ」

私は、緑の石の付いた方の指輪を手に取ってみる。違う素材で出来ているけれど、金属の色合いはほとんど同じだし、彫られたツタのデザインも一緒。私の中指の指輪と並べると、『お揃い』って感じで、大満足な仕上がりだった。

【幸運の指輪】
分類：装飾品　　品質：高級品
詳細：幸運を呼び込み、不幸を退ける力を秘めた指輪。持ち主に災いが振りかかろうとすると、自然と持ち主を回避行動へと誘導する不思議な指輪。
気持ち：幸せにしてあげる！

「呼ぶ？」

「そうしよっか！　せーの！」

「「精霊王様〜！」」

声を揃えて呼ぶと、部屋が緑と黄金の光に包まれた。

「デイジー！」

「リィン！」

そして、精霊王様達がお姿を現した。お二人共、なんだか手が中途半端に上がって私達の体の幅ぐらい空いていて、そこでぷるぷる震えている。


……えっと、抱きしめたいけど躊躇《ためら》い中、かな？


私は、手に持っていたお揃《そろ》いの指輪を手のひらに載せて、精霊王様にお見せする。

「私が精霊王様へプレゼントしたいと思って作った指輪です。受け取っていただけますか？」

そう言って、指輪から緑の精霊王様に視線を向ける。精霊王様は、それは幸せそうな微笑みを浮かべて私を見下ろしていた。

「勿論《もちろん》受け取らせていただくよ、デイジー。与える側の立場の私達が、愛《いと》し子《ご》から贈り物を貰えるなんて、私はなんて幸せ者なのだろう。その指輪は、デイジーが私の指に嵌《は》めてくれるかい？」

私は精霊王様に頷《うなず》いて答えて、精霊王様の差し出された左手を手に取る。

「お揃いなら、同じ中指で揃いがいいですよね」

そう言って、するりと、精霊王様のなめらかな中指に指輪を通して収めた。

「ありがとう、デイジー」

そっと精霊王様の唇がこめかみに触れ、髪の毛を通して伝わるぬくもりに、精霊王様の温かさを感じた。

親愛のキスが済むと、お互いの左手を並べて、お揃いであることを確認する。

ふっと目線を上げると、リィンと土の精霊王様も、手を並べ合って同じことをしていたので、四人の目が合って、ちょっと気恥しげにみんなで笑った。

その場は、ほんのりと幸せな空気に包まれていた。

精霊王様達がお帰りになったあと、リィンの指輪とペンダントの制作料と、私が合金に使った材料費と工賃を、お互いに精算した。そして、リィンはアトリエをあとにした。

あとに残ったのはこの三つ。今日はちょうどカチュアが経理のチェックに来てくれていて、今は食事休憩でパン工房のテラス席で食事中のはずだ。

プレゼントするなら、今がちょうどいいわ！

【幸運のペンダント】
分類：装飾品　　品質：高級品

詳細：幸運を呼び込み、不幸を退ける力を秘めたペンダント。持ち主に災いが振りかかろうとすると、自然と持ち主を回避行動へと誘導する不思議なペンダント。
気持ち：幸せにしてあげる！

こっちのペンダントは、小指の第一関節くらいの、小さなぷっくりと厚みのある楕円状《だえんじょう》のペンダントトップになっていて、そこに彫りで流れ星と三日月が描かれた、可愛らしいデザインになっている。ペンダントトップの上の丸い金具は少し大きめで、今はチェーンが通っているが、取り外し可能。チョーカーにも、ブレスレットにも、アレンジが可能なようにしてくれてある。

リィン曰《いわ》く、絵柄については、『幸運のペンダント』ということから、願いを叶《かな》える流れ星の絵が浮かんだからって理由らしい。

私達の年頃の子が着けるなら、男女問わずとても似合いそうだわ！

「ミィナ！　マーカス！　カチュア！　プレゼントを渡したいの！」

お客さんが引いたパン工房に揃《そろ》っていた三人に声をかけた。

ミィナとマーカスは、目をぱちくりしている。

「えっと、私達は使用人ですから、そんなお気遣いをしていただく必要は……」

慌ててミィナは両手をぶんぶんしている。

「そうですよ、デイジー様。私達は相応以上にお給金も頂いておりますし、そこまでしていただく立場ではありません」

マーカスも少し困ったような顔をする。

「あのね、これは災いを遠ざける幸運のペンダントなの。あなた達に、お使いやお留守番をお願いした時に、何かあったら私が困るの。だから、私のためにもちゃんと身に着けておいて欲しいのよ」

「デイジーさまぁ〜！　そんなふうに思ってくださるなんて、ミィナは幸せ者ですぅ〜！」

ミィナは素直に感激したのか目をうるうるさせ、鼻をグズグズ言わせながら、私に抱きついたあと、ペンダントを受け取って、首にかけてくれた。

「私も……、よろしいので？」

「何言っているの、あなたも私の大切な仲間よ」

そう言ってマーカスの手に渡すと、マーカスも少し照れた様子でペンダントを身に着ける。耳元がほんのり赤くなっている。

「そして、カチュア。あなたのおかげでアトリエも始められたし、その後の経営もバッチリよ！　幸運のペンダントは、幸運を呼び寄せる力があるから、あなたがやろうとしている事業にも、きっと良い結果をもたらすはず！　受け取ってちょうだい！」

そう言って、最後の一個になったペンダントをカチュアに差し出す。

「私は専任の従業員という訳でもないし……、頂けないわ。こうした物にはちゃんと代金をお支払いしないと……」

商人の娘らしい言葉を言いかけるカチュアの言葉を制して、私が宣言する。

「あなたは私のお友達で仲間よ！　お友達にプレゼントすることの何が悪いの？」

そう言って、ペンダントをカチュアの胸に押し付けた。

「と、友達……、からのプレゼント……。あっ、その、……ありがとうございます」

カチュアは真っ赤になって、それを見せないように顔を背けながら、ペンダントを身に着けてくれた。

「友達……。友達、そうよね、私達はお友達なのよね。はじ、めての？」

カチュアは赤い顔を伏せたまま、ブツブツ言っている。同年代に友達らしい友達は少ないらしいから動転しているのかしらね？


これで、仲間も安心だわ！

第五章　女達の仁義なき戦い

精霊王様達への贈り物を作るために掘り出し物の石を探していた時、実は、幸運の石の他にもう一つ気になる石を発見していた。そのため、今度はリーフと一緒にもう一度先日訪れた店に足を運んだ。

……そうそう、この石。見た目は灰色の普通の石のようだけれど……。

【夫婦石（夫）】
分類：宝石・材料　　品質：低品質～高品質（『妻』との相性次第）
詳細：夫婦間の愛情を深め、子を授かりやすくなる不思議な石。石そのままでもいいが『夫婦石（妻）』と一緒に合金にした方が効果は高い。夫婦の片割れだけだと効果はない。
気持ち：可愛《かわい》いお嫁さんと一緒になりたいな。

『夫』って書いてあるから、奥さんが必要なのよね……？
そういえば、国王陛下ご夫妻は、第二子以降お子様が生まれておらず、それが昔の毒殺未遂騒動にも繋がっていたはずだ。

……だったら、お子様が生まれやすくなるこの石の片割れが欲しいわ！

それで素敵な品が作れたら、きっと王妃殿下がお喜びになるわ！

でも、赤ちゃんってコウノトリが運んでくるか、キャベツ畑からやってくるのよね？　『夫婦石』を持っていると、コウノトリ達の目印になるのかしら？

私は掘り出し物の箱の中を探したが、その片割れと思われる石は見つからなかった。

「お嬢さん、なにかお困りかい？」

先日の店主さんが気さくに声をかけてくれた。

「これ、『夫婦石』の旦那さんの方らしいんだけれど、片割れの奥さんの石が見つからなくって」

そう言って、手のひらに載せた『夫婦石（夫）』を店主に見せた。

「おや、これを見つけたのかい！　お嬢さんはほんとに目利きだね。その石はね、奥さんの方は宝石のように綺麗《きれい》な石だから見つけやすいんだけれど、夫はそんな灰色の見た目普通の石だろう？　見つけにくいんだよ！　……ちょっと待ってな、店の奥に奥さんの石が幾つかあったはずだよ」

そう言って、店主は店の奥に入っていった。


……幾つか？　一つでいいよ？　……。まさか、この夫くんを奪い合いになったりは……。

凄く嫌な予感がした。そしてその予感はすぐに現実のものとなって私の前にやってきた。

『夫側の石が見つかったんですって⁉』

『こんな機会、なかなかないわ！　彼は私のものよ！』

『何言っているの！　美しい私こそが結ばれるにふさわしいわ！』

『美しさなら私の方が負けないわ！』

店主がガラスケースの上に並べてくれた、色とりどりの華やかな妻側の石達の、鑑定の『気持ち』が暴走していて、彼女達の声が頭に直接響いてやかましい。勘弁してちょうだい！

その後も、やかましい女の舌戦（？）が続いている。

……うわぁ。

私も引いたが、ふと手に握っている夫くんを見ると……。

『僕……気の強い人はちょっと。……助けて……』

……うん、気持ちはわかるよ。

既に逃げ腰だ。

そんな騒がしい中、ふと見ると大人しく声を出さずにいる、淡いピンク色の石があるのに気がついた。

『……私はお姉様達より色も目立たないし、大人しくしているべきよね』

そんな小さな声が聞こえた。

なんか、そんな健気《けなげ》な彼女は、夫くんに似合いそうで気になって、夫くんの石を彼女に近づけてみる。

『……優しそうで素敵な方♡』

『……なんて儚《はかな》げで愛らしい子なんだ♡』
やっぱり！
『『『ちょっと、なんであんな目立たない子がっ！』』』
背後の、罵り合っていた姉達（？）がうるさいけれど、そこはもう無視だ。
私は、このペア石を買い求めることにした。
「金属は……」
金のインゴットに近づけると、柔らかな光が石達を包んで優しい雰囲気がした。
『お姉さんが、アナタ達の仲人をしてあげる♡』
『『ありがとう、金のお姉さん！』』
これで決まりね！

さて、私はアトリエの実験室に戻って錬金釜の前に立つ。
合金作りのための、エプロンも手袋もバッチリ装備済み！
さあ、国王陛下ご夫妻に喜んでいただくために、頑張りましょう！
攪拌《かくはん》棒をぎゅっと握りしめて、気合を入れる。

……さあ、夫婦一緒になって、王妃殿下に赤ちゃんを授けてあげて……！

魔力を込めて、うんとうんと熱く……！

そう念じながら暫《しばら》く撹拌棒を握っていると、素材を入れた釜の中が熱くなって金が溶け始めたので、錬金釜の中でぐるぐると撹拌棒をかき混ぜ始めた。

「さあ、一緒になって……！」

【ベビーゴールド】
分類：合金・材料　　品質：低品質
詳細：夫婦の情愛を深め、子を授ける力を秘めた合金。その力は分量によっての変化はない。だが結合度が低く、力を発揮しきれないだろう。
気持ち：まだ夫婦になりきれていない気がする……。

……うん、まだ溶かして混ぜただけだもんね。もっと一緒にしてあげるわよ！

魔力と、王妃殿下への思いを込めて、ぐるぐると撹拌《かくはん》棒を回していく。

【ベビーゴールド】
分類：合金・材料　　品質：高品質
詳細：夫婦の情愛を深め、子を授ける力を秘めた合金。その力は分量によっての変化はない。
気持ち：きっと、コウノトリが赤ちゃんを連れてやってくるよ！

……やった！　コウノトリさん、来てくれるって！　王妃殿下もきっとお喜びね！
錬金釜の栓を抜いてまだ熱い液体状の合金をインゴット型に注いで、静かに数日待った。そして、冷めたインゴットをもとに、国王陛下と王妃殿下分のアクセサリー制作をリィンに依頼したのだった。

【子授けの指輪】
分類：装飾品　　品質：高級品
詳細：夫婦仲の良い夫婦の情愛をより深め、子を授ける力を秘めた指輪。
気持ち：きっとコウノトリは来る！

これをお贈りすれば、きっと赤ちゃんがやってくるはず……！
私は、その想像にウキウキするのだった。

第六章　国王御一家への献上

　そういえば、遠心分離機を国王陛下に賜ってから、クレーム・シャンティを作るのが遅れ、ご褒美に遠心分離機をお願いした時に話題にしたクレーム・シャンティを使った品を献上していないことに気がついた。

　……あれはとっても美味しいわ！　ぜひ御家族《ごかぞく》で楽しんでいただかないと！

　私は、厨房《ちゆうぼう》かパン工房にいるであろう、ミィナを探した。すると、厨房で後片付けをしているミィナを見つけた。

「ミィナ、お願いがあるの」

「はい、なんでしょう？」

　作業の手を止めて、白い猫耳をピッと立てて、エプロンで手を拭いている。

「今度国王陛下御一家に謁見するんだけれど、その時に、クレーム・シャンティを使った物を献上したくて、ミィナに相談に来たのよ」

　厨房に置いてある休憩用の椅子に腰掛けて、ミィナに用件を告げた。

「はわわわ！　献上の品ですか！　ちょっとお菓子の本を持ってきますね！」

　そう言って、慌てて三階の自室に本を取りに行ってしまった。

　どうもミィナは、給料を貯《た》めては、そのお金を料理の本を買うことに費やしてしまっているらしい。本といえば高価な物だし、アトリエのみんなのために役立つ料理の本なのだから、雇用主である私を頼ってくれればいいのに。

そうでないと、彼女は自分の洋服とかにお金を使えないいんじゃないかと心配なのだ。

けれど、彼女曰《いわ》く、休憩時間などに近くの本屋に通って、次に買う本を日々物色するのが彼女の楽しみで、やーっと買うことが出来た瞬間がとても幸せなのだという。

……雇用主としてそういう物は買ってあげた方がいいかな……。経費に近いし。

今度別の機会に話し合わないとね。

なんて考えながら待っていたら、ミィナが本を抱えて階段を降りてきた。

「お待たせしました！」

そして、戻ってきたミィナは、厨房の清掃済みの作業台の上に本を載せる。私達はその本の近くに椅子を寄せた。本は、前にも見せてもらった製菓に関するものである。

「どのお菓子にクレーム・シャンティを合わせましょうかねえ……」

そう言いながら、パラパラとページをめくる。

「あら？」

止まったページは、『シュー』という丸い焼き菓子だ。

「これは、中が空洞になる口当たりの軽い不思議なお菓子なんです。これに半分切込みを入れて、たっぷりクレーム・シャンティを挟みませんか？」

「それはいいわ！　持っていくのにも、型崩れの心配がないわね！」

私達は、それを『シュー・クレーム』と名づけて献上品に加えることにした。

ようやく謁見を迎えたその日。

冷却用の氷を入れた箱に『シュー・クレーム』を入れて持ち、実家から借りた馬車で王城へと向かった。

こういう時のために誂《あつら》えてあったドレスは、モスグリーンの生地をベースにしてドレープたっぷりに。中央は白い生地を絞って作ったシャーリングとレースで飾ったデザインになっている。胸の中央には、同じモスグリーンの生地で細めのリボン飾りが付いている。

さすがにもうポシェットは失礼だから、小さなハンドバッグの中に献上する指輪を収めた。

ドレスの着付けは一人では出来ないので、ミィナに手伝ってもらう。

ちなみに、アナさんとリィンにも一緒に行こうと誘ったのだが、「そういうのは貴族の仕事」と一蹴されて、私は一人で寂しく城へ向かった。

案内された部屋は、王城の奥の御家族のお住まいに近い、小ぶりの客間だった。

「久しぶりだね、デイジー。堅苦しくしてないで座っておくれ」

少し待っていると、ご家族揃《そろ》っていらっしゃって、席を勧められたので、一礼をしてから着席した。あとは、鑑定のためだろう、ハインリヒさんも同席している。

「デイジー嬢って言ったら美味しいパンの子だよね！　今日も美味しい物持ってきてくれたのかな？」

同い年のウィリアム殿下が、ワクワクした面持ちで尋ねてくる。

「まあ、あのあまぁいクリームの方？」

マーガレット殿下も期待されているような面持ちでにっこりしている。

……持ってきて良かったわ。

私はほっと胸を撫で下ろした。

「もう！　ウィリアムもマーガレットもはしたない……。ごめんなさいね」

王妃殿下が恐縮して、お二人を窘《たしな》めていらっしゃる。

「大丈夫ですよ。今日は新作を持ってまいりました。こちらの箱に収めている物はクレーム・シャンティをたっぷり挟んだ『シュー・クレーム』です。あとで冷やしてお早めにお召し上がりになってください」

私はニッコリ笑ってテーブルの上に置いていたその箱を差し出した。

「ありがとう。あとで、家族みんなで賞味させてもらうよ」

国王陛下が箱を受け取られた。

「それで本日の本題なのですが……私は金属を混ぜ合わせるという錬金術を学びまして、それで出来た品を献上いたしたく、お伺いしました」

そう言って、ハンドバッグから守護の指輪四個をまず取り出す。

「こちらの四つ揃《ぞろ》いの物は守護の指輪と言って、あらゆる状態異常を防ぎ、装備者の体力を徐々に回復する魔法の指輪ですので、皆様お一つずつ身に着けていただければと」

次に、子授けの指輪を二個取り出す。

「そして、こちらのペアの物は子授けの指輪と申しまして、仲睦《むつ》まじいご夫婦の情愛をより深め、子を授ける力を持つ指輪です。ですから、国王陛下と王妃殿下に身に着けていただければ、きっとコウノトリがお子様を授けてくださいますわ！」

……うん、ちゃんと説明出来たわ！

「……コウノトリ……」

しかし、私の説明に、なぜか陛下がぽかんとしている。

ん？　コウノトリはコウノトリでしょう？

「ああ、いや。デイジーにも、年相応なところがあるんだなって思ってね」

そして、口元を隠してくっくと笑われてしまった。

「陛下、笑っている場合ではありません！　デイジー嬢の説明が確かならば、これらの指輪、国宝級の素晴らしい贈り物ですわ。ハインリヒ、確認してみてくださる？」

口元を隠してらっしゃる陛下の手を、王妃殿下は軽くパシンと叩いて、ハインリヒに鑑定するよう指示する。

彼はじっと全ての指輪を確認した。

「……デイジー嬢のお言葉に誤りはありません。守護の指輪は皆様の身を守る素晴らしい品ですから、早々にお着けください。そして、コホン、子授けの指輪については、国を憂える臣としては、ぜひとも、ご夫婦揃って身に着けていただきたく思います」

やや頬《ほお》を赤くしながらハインリヒが進言した。

すると、王妃殿下はお子様方と陛下に、守護の指輪を嵌《は》めて差し上げて、ご自身の指にも嵌めた。そしてさらに子授けの指輪を陛下の指に嵌めて差し上げる。そして、まるで願いを込めるかのように、ゆっくりとご自身の指にも子授けの指輪を嵌めた。

「デイジー、本当にありがとう。特にこの子授けの指輪。私は、ウィリアムが将来王位を継いだ時、その治世を一緒に支えてくれる、弟を産んであげたいとずっと思っていたの。でもなかなか叶わなくて。今度こそ、この願いが叶うことを願うわ。私に希望をくれてありがとう、デイジー」

王妃殿下は、それは嬉《うれ》しそうに微笑まれる。

「そうだわ、お礼をしなくちゃね！　そうね……、デイジーだったら、やはり色々な本を贈ったら喜んでもらえそうね。どうかしら？　それとも、他に入手が難しい機材とか何か、希望はある？」

王妃殿下は、それは心軽やかに、楽しそうに私に尋ねてらっしゃる。

「はい！　本を賜われたらと思います。本は貴重ですから、大変ありがたいです」

殊の外王妃殿下が今日の献上でお喜びくださって、私に嬉しい約束をしてくださったのだった。

◆

後日談。

三か月ほど過ぎたある日、王妃殿下のご懐妊が報じられ、翌年には双子の王子殿下と王女殿下がお生まれになり、国中が祝賀ムードに包まれる。

またその後も、数年おきにお子様に恵まれるようになり、王妃殿下の憂いは取り除かれる。そして、私とリィンは、お子様が生まれる度にお誕生のお祝いに、残りのインゴットから守護の指輪を作ってお贈りするのが恒例となるのだった。

……コウノトリさん、やったね！　私は心の中でお祝いするのだった。

◆

残すところあと二人、そんなある日、その当人達がやってきた。

「アナさんから、凄《すご》い物出来たって聞いたから、来たぞ！」

守護の指輪を渡すべき最後の二人、冒険者のマルクとレティアだ。

「えっと、物が物だから、中に入ってもらえますか？」

そう言って、二人を誘って奥の作業室へ移動した。

部屋を移動して、鍵をかけてしまっておいた指輪を引き出しから取り出して、手のひらに載せて二人に見せた。

「これは、守護の指輪と言って、あらゆる状態異常を防ぎ、装備者の体力を徐々に回復する魔法の指輪です。ちなみに、悪《あ》しき心を持った方が装備しても効果は発揮しません。お渡ししようとしているのはこれです」

「「……」」

二人とも無言だ。

「えっと？」

私は首を捻《ひね》る。

「えっとじゃないよ！　どんな状態異常にもならなくって体力自然回復⁉　そんなん国宝級じゃないか！」

「……驚いた。想像の遥《はる》かに上行ってるし」

国宝級と騒ぐマルクと、静かに驚くレティア。

「じゃあ、いらないですか？」

ちょっと冗談半分に聞いてみた。

「欲しいに決まってるだろう！　前に会った時に、状態異常攻撃持ってる魔獣にてこずってるって言っただろう！」

マルクに怒られてしまった……。しゅん……。

「それにしても、懐は暖かいと言っても、一体幾ら払ったらいいんだ、これ……」

レティアもぼそぼそ呟《つぶや》いて悩んでいる様子だ。

「リィンとも相談したんだけれど、素材採取の時の『マルクとレティアへの護衛依頼無制限指名料』っていうので払ってもらうっていうのじゃあダメかしら？　それ以外のお代はいらないわ」

私は、リィンと話し合ったことを、マルク達に申し出てみた。

「……体で払えってことか」

うんうん、と頷くレティア。

「何納得してんだ、レティア！　それで済む品じゃないだろう！　……ったく、リィンといいディジーといい、二人共職人として、もっと金に関してシビアにならなきゃダメだろう！　ちょっと、三人でリィンのところに行くぞ！」

そうして、私もレティアもマルクに言われるままにリィンの元を訪ねることになった。

マルクの先導で鍛冶職人地区へ向かい、リィンの工房の入口へと辿り着く。

「リィン、いるかー？」

マルクが、開いた扉から、中へ声をかける。すると、リィンは中で作業中だったようで、すぐに返事の声がした。

「こら、リィン。例の指輪だけど、『護衛してくれるならタダ』ってどういうことだ。ちゃんと職人として、貰うモンは貰わなきゃダメだろうが！」

「あ、やっぱダメだった？」

リィンが肩を竦《すく》めてペロッと舌を出した。そんなリィンにマルクがゲンコツをかました。

……仲良いなあ。

痛そうだが、なんだかああいう気安い関係というのは少し羨ましい気がした。

「だったらどうするのさ」

頭を擦りながらリィンが口を尖《とが》らす。

「一個あたり一千万リーレ払う。だから、リィンとデイジーにそれぞれ大金貨一枚ずつな。その上で、護衛依頼はスケジュール次第だがちゃんと受ける。一千万でも安いと思うぞ。ちゃんと受け取れよ？」

マルクが私達を諭すように言う。

「「はい」」

私達は、素直に頷く。

「レティアもそれでいいよな？」

マルクが確認すると、レティアも「ああ、それでいい」と言って頷《うなず》いた。

そうして、ようやく指輪の値段が決まり、私達は、マルクがマジックバッグから出した大金貨を一枚ずつ受け取る。そしてようやく私は、指輪をマルクとレティアに渡せたのだった。

私達は、そのままリィンのお祖父《じい》さんの工房にお邪魔していた。

今は、休憩用のテーブルセットに腰かけて雑談中である。

「で、デイジーとリィンはどこか素材採取に行きたいところがあるのか？」

マルクが尋ねてくれた。

「アタシは今のとこないな。まあ、ゆくゆくはデイジーと組んで魔剣とか凄い耐性のある鎧《よろい》とか作ってみたいけど。そういうデイジーは何かあるのか？」

椅子の背もたれに肘をつきながらリィンが聞いてきた。

「『賢者のハーブ』と『癒《いや》しの苔《こけ》』が欲しいのよね。あとは、家族が魔導師だからローブの素材になる糸素材とか？」

私もリィンにつられて素材採取の希望を語る。

「『賢者のハーブ』と『癒しの苔』って素材は何に使うんだ？」

聞いたこともない素材のようで、レティアが首を傾げながら聞いてくる。

「マナポーションの上位版が作れるの。迷宮都市のダンジョンに潜る魔導師さん達のマナポーション摂取量が減れば、おトイレ事情も解消するんじゃないかなって思って」

「おトイレ事情？」

レティアがよくわからないといった顔をする。そして続けてこう言った。

「トイレなんて、そこらで隠れてすればいいじゃないか。私はそうしているぞ」

そう言いきった女性のレティアは真顔だ。

すると、マルクがレティアの後頭部をパコンと叩いた。

「……お前はもうちょっと女としての恥じらいを持て！」

どうもこのパーティーは、マルクがツッコミ、レティアはボケ役のようだ。

ともあれ、二人は状態異常攻撃を持った魔獣退治の指名依頼がたまっているようなので、それを先にこなしてから採取に行こうという話になった。

……楽しみだわ！

第七章　『白粉《おしろい》』騒動

とある安息日、私は家族の顔を見たくなって久しぶりに実家に足を運んだ。

「ただいま帰りました」

玄関口で挨拶して、セバスチャン達使用人に迎えられて家の中へ入っていくと、居間でお母様とお姉様がこちらに背を向けてなにやら話し込んでいる姿が見えた。

「お母様、お姉様、こんにちは」

そう声をかけられて振り返った、お母様とお姉様の顔は白かった。

なんだか顔からドレスのキワまでを真っ白に塗って、頬をピンクに描き、口は赤で描かれている。


……なにこれ？　仮装パーティー？


「あら、デイジー、おかえりなさい！」

お母様がそのお絵描きのような白い謎の顔で笑みを浮かべる。真っ白の顔の中で、真っ赤な唇が弧を描いていて、正直怖い。

「最近ね、外国から入ってきた『白粉』でお化粧をするのが女性の流行《はや》りらしいのよ、だからね、お母様もそういった場に出る時に慌てないようにと思って、今、ダリアと一緒に練習していたところなのよ」

そして、落書きのようなコントラストの激しい顔で再び笑う。

「そうよー！　デイジーもそろそろ年頃なんだから、錬金術の実験ばかりしていないで、オシャレとか流行にも気を配らなきゃダメよ！　こうやってわざとホクロを描くのも素敵なのよ！」

今度は目の下の泣きぼくろと言われる位置に、何故か黒いハートマークのお絵描きをしているお姉様が、私に説教をする。お説教以前に、ほくろなのにハートマークって意味がわからない！

……いや、ちょっとこれどうなっているの……！

お腹《なか》がよじれて大笑いしたくなるのだけれど、きっとそんなことをしたら、二人に酷《ひど》い目に遭わされそうだわ。

そうそう、我が国の化粧事情はと言うと、そもそも化粧をする文化がなかった。『ふしだらな行為に誘うもの』『堕落の象徴』として、倫理観的に推奨されてこなかったからだ。

だがどうも、その辺の価値観がおおらかになったのか、上流社会を中心に化粧というものが流行り出してきているらしい。

変な流行もあるものだわ、と思いながらも、私はその化粧というもののメインである『白粉』という物を見せてもらった。

【白粉（鉛製）】
分類：化粧品　　品質：普通

詳細：女性の肌を白く見せることが出来る。
気持ち：色白美人にしてあげる。……でも、ずーっと使うとシミが出来やすくなるけどね。ケケケ。

【白粉（水銀製）】
分類：化粧品　品質：普通
詳細：女性の肌を白く見せることが出来る。
気持ち：色白美人にしてあげる。……でも、ずーっと使うと歯茎が黒くなって歯が抜けちゃうよ。べーッ！

ちょちょちょ、待って！　なにこれ‼

「お母様もお姉様もその『白粉』というのを肌につけるのはおやめください！」

私は慌ててお母様とお姉様から『白粉』を取り上げようとしたら、それに抗議する二人とちょっとした騒ぎになった。

「君達、一体何を騒いでいるんだ」

見かねたお父様が自室から出てきて、居間へやってきた。

「貴方《あなた》！」

「「お父様！」」

お父様は、お母様とお姉様のその白い落書きのような顔を見て固まった。

「……えっと、仮装パーティーの準備かい？」

……言っちゃった。多分それはＮＧだわ。


「あ、な、たーー？」

「おとーーさまーー!?」

白い二つの落書きににじり寄られるお父様。


……あ、多分持たないはずだわ。


私がそう思ったとおり、至近距離まで近づけられたお父様の顔がだんだん崩れてくる。

「あははは！　だって、顔は不自然に白いし、そのせいで消えてしまった頬《ほお》と口の色をわざわざ描くなんて！　しかもダリア、なんで顔にハートマークを描くんだい！」

「貴方は女心というものがわからないのですか！　今はこういう化粧をすることが社交界では嗜《たしな》みになってきているんですわ！」

「お父様はおしゃれでありたいという娘心がまるでわかってらっしゃいませんわ！」

お父様は、お母様とお姉様に挟まれて集中攻撃を受けている。

「……えっと、女心はともかくとして、それ、ずっと使うとシミが増えますよ。それと、こちらの品は歯茎が黒ずんで歯が抜けるそうです」

騒ぐ女性二人に私は真顔で指摘した。

「「えっ！」」

お父様を責めていた二人の手がピタリと止まる。

「デイジー、それは本当かい？」

二人の間をすり抜け私の元へやってきたお父様は、私の両肩に手を添えて、真剣な目で尋ねる。

「はい。……見ましたから。守護の指輪で防げれば良いですが、その確証はありませんし……」

その返答を聞いたお父様の対応は早かった。

「ロゼ、ダリア、この品の安全性がわかるまでこれをつけることを禁止する。そして、今すぐに肌につけている物も落としてきて欲しい。私は、君達の自然な肌の美しさを失いたくはない」

お父様が真剣な顔で告げると、お母様とお姉様は、急いで化粧を落とすために居間を出ていった。

「それでデイジー、これは、毒とは違うのかい？」

お父様に促されながら、二人で並んでソファに腰掛ける。

「……広義では人体に悪影響があるという意味で毒でしょう。ただ、少量ではこれといった毒性は見せず、継続して摂取し続け、一定量に達した場合に、毒性を表す物なのかもしれません。ですから、鑑定にも毒とは明記されていませんでした」

お父様が、ふむ、と顎に手を添えて頷く。

「そうすると、ハインリヒ殿の鑑定をすり抜けて、王妃殿下の元にもこれがあるかもしれない。それはまずいな……。それに守護の指輪を持たない一般国民も心配だ。デイジー、すまんが、明日一緒に登城してくれないかい？」

「勿論《もちろん》です、お父様」

そして、私は明日『白粉』の件で緊急に登城することになった。


次の日、私は約束どおり、馬車でお父様と一緒に城へ向かった。

途中、私のアトリエに立ち寄って、ミィナにドレスの着付けを手伝ってもらいながら、お留守番をお願いする。

「承知しました。お店のことは私達に任せて、頑張ってきてくださいね」

ミィナがにっこり笑うと頭が少し傾いたせいで、淡いピンクの髪の毛がサラリと揺れる。

幸運のペンダントは、赤いリボンでチョーカーにし、ペンダントトップを中心にしてリボン結びにしている。

……あーもー、可愛《かわい》い！　覗く白い猫耳も癒されるわっ。

ぎゅううう。

「はわわ？」

なぜ抱きしめられるのかわからないミィナは、頭に『？』を浮かべながらも大人しく抱きしめられていてくれた。

そして、しばしミィナに癒された私は、お父様と一緒に登城したのだった。

案内された部屋には、国王陛下ご夫妻、宰相閣下、ハインリヒ。王妃殿下は珍しく、腹部を締め付けない、ゆったりとしたドレスを着用されている。

そして、商業ギルド長のオリバーさんとカチュアがいた。


……あれ？　どうしてここにカチュアがいるの？


「商業ギルド長の娘、カチュア嬢が立ち上げたカチュア商会で輸入した『白粉』についてだが、それが人体に悪影響がある可能性が発覚した」

そう陛下が口火を切ったことで、彼女達がここにいる意味を理解した。

「「毒物と知らずとはいえ、国に持ち込んだこと、大変申し訳ございません‼」」

オリバーさんとカチュアが立ち上がって、限界まで頭を下げる。

「私も、王妃殿下が新たにご使用になる品については、鑑定を行っておりました。毒物と見抜けず、王妃殿下の御身を危険に晒《さら》したこと、大変申し訳ございません！」

ハインリヒも『白粉』を鑑定していたようで、立ち上がって深々と頭を下げる。

「三人共顔を上げよ。そして座るが良い。何もそなた達を罰するために呼んだ訳ではない。問題にしたいのは今後の対応についてだ」

その陛下のお言葉に、三人は下げ続けていた頭を上げて着席した。

「宰相、調査はどうなった」

「陛下のご命令により、『影』と『鳥』、二名の暗部の者を使用して、輸入元である、かの国の状況を早急に調べさせました」

どうやら、お父様は昨日の私との会話のあと、すぐに城へ報告を上げていたようだ。そして、次の日には結果が出るなんて宰相閣下って凄《すご》いわ。

そんなやり手の宰相閣下もかっこいいけど、しかも『影』とか『鳥』ですって！　何かの物語のようだわ。……と、普段接したことのない秘された人達の話題に、私は不謹慎にもワクワクして思考が脱線してしまった。だって、私まだ子供だし……。仕方ないわよね？

「で、結果は」

宰相閣下が、調査結果と思われる紙束に目を通す。そして、報告を始めた。

「は。まず、鉛製の物についてですが、長期使用でシミが出来やすくなるらしく、余計に厚塗りをする悪循環だとか。そして、シミを隠すために付けぼくろが流行しているそうです」

さらに、閣下は一枚紙をめくって、報告を続けた。

「次に、水銀製の物についてですが、長期使用で歯茎が黒くなり、歯が抜け落ちるため、扇子で隠すことが流行っております。貧しい者は健康な歯を売ることを強要され、上流社会の人間の入れ歯に使われるそうです」

「……なんて酷い……」

『歯を売る』のくだりのところで、王妃殿下が、その惨《むご》い状況に顔を顰《しか》めて口元を手で覆われる。

だが、宰相閣下の報告はさらに続く。

「そして、こちらは疑いの域を出ないのですが、かの国では、我が国と比べ胎児、幼児の死亡率が非常に高いらしく……、何やらおかしな事象が発生しております」

その報告を聞いて、国王陛下と王妃殿下の顔色がサッと変わった。

「妃よ、安全性が確認出来るまで、『白粉《おしろい》』をつけることを禁ずる。外交などの公務で、『白粉』で化粧せざるを得ない場があるのであれば、それは体調を理由に欠席して構わん。良いな」

「……はい、かしこまりました。ご配慮賜りありがとうございます」

王妃殿下が陛下に頭を下げる。

「カチュア商会は、私が許可を出すまでは、『白粉』の輸入及び販売を禁止する」

「「はい」」

陛下のご命令に、カチュア親子が頭を下げる。

「……ですが、一度女性の心に火がついた『美しく装いたい』との思い、収まりますかな。既に売れてしまった物を回収するには困難を要しましょう。それに、禁止されても入手したがる者も出てくるかも……。欲する者がいれば、密輸入しようとする者が出てくる可能性があります」

宰相閣下は、机に肘をつき、こめかみに手を添えて唸《うな》る。

「デイジー、オリバー、カチュア。錬金術でも、商業ギルドで手に入る鉱石や顔料でも良い。我が国の民のために、安全な化粧品を開発してはくれないか？」

国王陛下が私達三人に向かって告げられた。

……まず、『白粉』を輸入しちゃった二人は断れないよね……。

そう思い、二人を見ると、既に国王陛下に頭を下げている。受諾の意味だろう。

……カチュアは大切な友達。私も力にならなきゃね。

私も、二人に続いて、陛下に頭を下げたのだった。

◆

「そういう訳で、安全な『白粉』を作ることになったのよね」

陛下からの依頼を受けたその日、アトリエに帰った私はマーカスとミィナと一緒に夕食をとりながら、大変なことになったなぁと思ってため息をついていた。

「「おしろい」」

『白粉』なんて最近上流社会に流行《はや》り出した物だ、マーカスもミィナもそれが何か知らない。二人して首を傾げているので、「顔をより色白に見せるための顔料よ」と、簡単に説明しておいた。

「……肌をもっと白く、ですかぁ。貴族の女性は大変なんですねぇ」

パクリ、と今日のメインである、じゃがいものグラタンを食べながら、ミィナは感心している。

うん、その色白ぷりぷりお肌に、ピンクの頬のミィナには不要な物だよね。まあ、お姉様にはあれこれ言われたけれど、私にもまだいらない物だと思う。お姉様だって、私とたった一つ違いなんだし、本来は不要だと思うわ。

「要は、肌に馴染《なじ》みやすい、無害な白の顔料を作れということですかね」

マーカスが、かなり的を射た発言をする。

「そうねえ。真っ白すぎてもお化けみたいだし、程よく透明感があって、でも肌の粗隠しはしっかりってところかしら？」

お母様とお姉様の化粧を見た感想を元に所感を述べる私。

「そう言えば、じゃがいもの粉って庶民発想すぎてダメですかねえ。食べ物ですから口に入っても安心ですよ？」

ミィナがフォークに刺したグラタンのじゃがいもを見下ろして呟《つぶや》いた。

「じゃがいもの粉？」

逆に料理に疎い私が首を捻《ひね》る。

「じゃがいもって、皮をむいて切って使おうとするだけでは、表面にすごーく細かい『白い粉』がついているので、水に晒して落とすんですよ。すりおろしとかしたら、もっとこの粉がたくさん出てくるんじゃないかと思って」

ミィナの提案に、ふむ、と思案する。確かに、普段から食べ馴染んだ物で化粧品を作れるなら、それ以上の安心感はないわよね。

「ちょっと作ってみましょうか」

私達は、食事を終えてから、じゃがいもを使った『白い粉』作りに挑むことにしたのだった。

じゃがいもは三つ用意した。

「まず皮をむいてすりおろしちゃいますね」

手際よくミィナがじゃがいもを処理していく。すりおろされたじゃがいもがどんどんボウルに溜《た》まっていく。

「すりおろしたじゃがいもの繊維が邪魔ね」

そう、すりおろしたじゃがいもは、じゃがいもの繊維部分と水分、そして水分に交じって確かにミィナの言う『白い粉』がボウルの底に沈んでいた。この『白い粉』だけが欲しいわ。

「粗めの布巾で搾ってみましょうか」

ミィナはそう言って、布巾ともう一つボウルをマーカスに取ってきてもらい、新しいボウルの上に布巾を載せる。そして、元のボウルに入っていた中身を、全部布巾の上にひっくり返した。そして、じゃがいもを閉じ込めて、ぎゅっと麻紐《あさひも》で口を縛った。

ぎゅっと搾ると、水と『白い粉』が布巾の目を通して出てきた。

「でもこれだけじゃちょっと少なすぎるわね」

「じゃあ、水に晒しながら揉《も》んでみましょうか。まだ、布巾の中のじゃがいもに紛れているかもしれません」

ミィナはボウルの中に水を足して、しばらく揉んだり振ったりしていると、水の色が白くもわっとするので、『白い粉』がまだまだ布巾の中にあることがわかった。作業は白い、もわっとするのが収まるまで続けた。

残ったのは赤茶けた水と、そこに溜まった『白い粉』。

そーっと上に溜まった水を捨てる。

念《ねん》のため、もう一回水を足して、透明の水を捨てた。

水気を含んだ『白い粉』が残った。

「じゃあ、これは明日まで自然乾燥させ……」

「水気は加熱して飛ばしちゃいましょう！」

私は、ミィナの言葉を遮る。そして、ミィナが作ってくれた湿った『白い粉』を奪い取り、ボウルの中身をフライパンにあけて加熱し始めた。だって、完成品を早く見たかったのだ。

「ほら！　はっきりした白になってきたわ！」

私は、自分のアイディアは正しかったと、満足気に胸を張る。

「……あれ？　透明でいつまでたっても水気が飛ばない部分がありますね」

顔を覗かせて、マーカスが不思議そうな顔をする。

え？　あれ？

「……火を止めるわ」

ヘラを使って、火にかけた『元白い粉＋水』をつついてみる。すると、ぷるんとした粉っけとゼリー質の混ざったような物が出来上がっていた。

……私の背後に、怒りの気配を感じる。

「デイジー様ぁぁぁ！」

ミィナがヘラごとこびりついたぷるんとした物を奪い取る。その手は怒りでぷるぷると震えている。すると、その手からヘラを通じて繋がっている『ぷるぷる』も、ぷるぷると揺れる。

「ぜっがぐ、あだじが頑張って粉作ったのにぃぃぃ！」

あああああ！　ミィナを本気泣きさせちゃったわ！　しかも、尻尾がまるでたわしのように、ありえないくらい、ぶわっと膨らんでいるし！　まずいわ、これ絶対凄く怒ってる！

「ごめんなさい！　ミィナ！　私が悪かったわ、だから泣かないで！」

私はポケットからハンカチを出して、ミィナの涙と鼻水を拭う。

「……もう、いいって言うまで余計なことはしないでくれますか？」

じとっと上目遣いでミィナが確認してくる。

「しないしない！　もうしないわ！　……だからもう一回粉作ってくれないかしら……」

パンッと両手でミィナを拝んで懇願する。

「……仕方ないですね」

優しいミィナは、『白い粉』作りを最初からやり直してくれた。

そして、出来上がった水気を含んだ『白い粉』は、バットの上に広げて一晩自然に乾かしたのだった。

そして、翌日出来上がった物はこうなっていた。

【澱粉《でんぷん》】
分類：食品　　品質：普通
詳細：食品にとろみをつけることが出来る粉。女性の肌を白く見せることも出来るが、カバー力は低め。
気持ち：赤ちゃんの汗疹《あせも》に塗っても安心だよ！　舐《な》めても大丈夫さ！

ミィナが、その粉を指の腹につけて、手の甲に塗ってみた。

「確かに白くなりますね」

……うーん、だけど何か違う。

「……ただ、白さが物足りないというか、透明感がありすぎ、かなあ」

安全、はクリアしているが、道はまだ遠そうだった。


次の日、カチュア達が色々品を集めてみたというので、商業ギルドへ赴くことになった。また、鉱石といえばアナさん。彼女は私の師匠、大先輩にあたる人だ。事情を説明して、ついてきてもらうことにした。

そして、当然、私はミィナに作ってもらった『澱粉』も瓶に入れ持っていく。

商業ギルドの一階にある受付へ行って、私は受付嬢に名を名乗った。

「デイジー・フォン・プレスラリアと、同伴のアナスタシアさんです。……今日はギルド長と……」

「ああ！　デイジー様のご訪問は、ギルド長から言伝《ことづて》を受けております。お連れ様もご一緒に、どうぞ、ご案内しますわ！」

用件を言おうとするのも遮られ、私達は早々に上の階にある応接室に通された。

広い応接室には、既にオリバーさんとカチュアがいた。部屋にはたくさんのテーブルが置かれ、その上に様々な鉱石や『白い粉』が並べられている。物によっては、既に粉状にされている物と両方並んでいる物もあった。

「ほう、これはよく集めたね。さすがは商業ギルド長と言ったところかい」

アナさんは、それらが何かわかっているらしく、興味深げに一つ一つ眺めている。

「デイジー嬢、こちらの方は？」

オリバーさんが私に尋ねてきた。

「私の錬金術の師のアナスタシアさんです。鉱石関係に関してはとても知見のある方ですから、お願いして一緒に来ていただきました」

私が、そう言ってアナさんを二人に紹介する。

「それはそれは、私共の不手際のせいでお手数おかけします。よろしくお願いいたします」

オリバーさんがそう言うと、二人は頭を下げた。

「可愛《かわい》い弟子のデイジーが、世話になった友達を助けたいって言ったら、師匠は手伝ってやんなきゃならんだろう。こんな婆《ばあ》さんで体はなかなか動かないけれど、頭に貯めた知識で協力させてもらうよ」

アナさんはにっこり笑って、私とカチュアの顔を交互に見る。

その笑顔で、カチュアの硬かった表情も若干和らいだ。

「……デイジー……。ありがとう！」

目に涙を浮かべて走ってきて、カチュアが私に抱きついた。

「怖かったの……。本来なら許されないくらいの大失敗をしてしまったわ。陛下には恩情から挽回《ばんかい》の機会を与えていただいたけれど、商品をゼロから生み出すなんて……。どうしたらいいかわからなくて、心細かったの。後戻りも許されないし、怖いの」

そう言ってカチュアは震える手で私の背中に腕を回す。

私も、そんなカチュアの背に腕を回して、ぎゅっと抱きしめ返してから、ゆっくりと手のひらで背を撫でさすった。

「大丈夫、私も一緒に頑張るから、ね？」

そう言って、ポケットから取り出したハンカチでカチュアの涙をそっと拭った。

「あんたは商人だろう。間違って持ってきたもんよりもずっと付加価値がある良い商品をこの国で作って、相手の国に逆に輸出してやるぐらいのつもりで気張りなさい！」

アナさんが、発破を掛けるように、カチュアの背を叩く。

「そして、それでこの国の産業が増えたら雇用も増えて、さらに外貨を得ることが出来る。それぐらいの貢献が国に出来れば、万々歳じゃないか。最初の失敗なんてほんのかすり傷だよ」

続けて、アナさんは、さっきと打って変わって優しげな顔で、カチュアに微笑みかけた。

「……はい！　頑張ります！」

カチュアは顔を上げて手で涙を拭いながら、笑顔で頷《うなず》いた。

「……ありがとうございます！」

オリバーさんも深く頭を下げた。そして、頭を上げた彼は、唇を強く引き結んでいて、その表情に強い決意を感じる。

「じゃあ、始めようか」

そう言い出したアナさんに、早速私は『澱粉』を差し出した。

「これ、試しにじゃがいもから取り出した『白い粉』です。『澱粉』って言います。白さはちょっと物足りないんだけれど、食べ物から作ったって言うのは、それだけ安全っていう意味で付加価値にならないかしら？　それと、赤ちゃんの汗疹に良いらしいんです」

三人が私の周りに集まってくる。

アナさんが瓶の蓋を開けて、指先に粉を少し取り、それを手の甲に載せて伸ばす。

「確かに、『白粉《おしろい》』に比べると白さが物足りないですね。けれど、今の状況だと、安全性が高いことはとても良い売り出し文句になる」

オリバーさんが頷いている。

「これはベースの粉の候補に入れておこうかね」

アナさんが言うと、他の二人も頷いた。そして、テーブルの上に『澱粉』入の瓶も並ぶことになった。

そしてひたすら並べられた素材達を眺めていく。

【オシロイバナの種子】
分類：植物の種子　　品質：普通
詳細：種子は女児が化粧の真似《まね》をしてよく遊ぶ。だが、根や種子は、誤食すると嘔吐《おうと》、腹痛、激しい下痢を起こす。
気持ち：あんまり僕で遊んじゃダメだよ！

まあ、思いつくのはわかるけど。でも誰よ、これを持ち込んだのは。

ちょっと拍子抜けの品に呆《あき》れつつも並んだ品を見回すと、気になる物が目についた。

……ん、これは？

ピカピカの鉱石じゃない。その周りについた『白い粉』だ。

【亜鉛華】
分類：顔料　　品質：良質　　レア：B
詳細：亜鉛が空気に触れて出来た化合物。白色顔料。日焼け予防や殺菌作用による匂い消しの効

果がある。
気持ち：色白美人にしてあげる。日焼けを防ぐ効果もあるよ！

あ、鑑定を繰り返したことでちょうどレベルが上がったみたい。今、項目に『レア』が増えたわ。レアリティを表すのかしら？

それにしても、この『亜鉛華』って凄《すご》いわ！　だって、白いだけじゃなくて付加効果もいっぱいあるんだもの！

ちょっとその岩石についた『白い粉』を指先で拭って手の甲に伸ばしてみる。すると、やや透明感はあるが肌がはっきり白くなった。

「オリバーさん、これはなんですか？　入手しやすい物でしょうか？」

「それは、亜鉛と言って、鉱山で採れる物ですね。本来は硫黄という有害物質が含まれるんですが、『鉱山スライム』というのに食べさせると、浄化して綺麗《きれい》な亜鉛の塊だけを吐き出すんですよ。我が国の産出量は多いですよ。亜鉛が気になりますか？」

オリバーさんが私の横に来て、丁寧に説明をしてくれる。

「ううん。亜鉛そのものじゃなくて、その周りの『亜鉛華』がいいの。これ、ただ白いってだけじゃなくて、日焼け止めや匂い消しの効果があるみたい！」

「おや、本当かい！　そんな金属の錆《さび》にまでよく気づいたね、あんたは！」

アナさんが私のそばにやってきて、私の頭をぐりぐり撫でてくれる。

「……なぜそれを見ただけでわかるのですか？」

カチュアとオリバーさんは不思議そうにしている。

そういえば、この場で私が鑑定持ちなのを知っているのはアナさんだけね。

「今から言うことは絶対に漏らさないでください」

私は、カチュアとオリバーさんの二人の顔を交互にじっと見つめる。

「それは勿論《もちろん》です。デイジー嬢には、もう命を繋《つな》いでいただくこと二度目です。お心に反するようなことはしないと誓いましょう」

オリバーさんは、瞼《まぶた》を伏せ、ゆっくりと頭を垂れる。そして自分の胸に片方の手のひらを添えた。

「私はあなたの友達、そして、あなたは私の命の恩人で足も治してもらったわ。約束をたがえることはありえないわ！」

カチュアは、胸に下げた私からのプレゼントのペンダントをギュッと握る。

そう、二人が誓ってくれたので、私は二人のその言葉を信じることにした。それに、私が二人を信じたかったのだ。

「私は、鑑定スキルを持っています。だから、意識して見ることで、物の性質がわかるんです」

それを聞いた二人は、驚いた顔をしていたが、なぜだかどこか納得がいったような顔をしていた。

「なるほど、だからおわかりになったんですね。それにしても、鑑定とはかなりの希少スキルですね。秘密にされるのは当然でしょう。それを打ち明けてくださってありがとうございます。絶対に口外しないと誓いましょう。さ、カチュアも」

オリバーさんがカチュアを促す。

「はい、もう一度お誓いします。決して口外はいたしません」

「ありがとうございます。さあ、検品を続けましょう！」

私がそう二人を促し、その後も、商業ギルドでの検品は続く。

「ああ、滑石があるね。これもベースにはいいかもね」

アナさんがそう言うので、私も興味を持ってそこへ行ってみた。そこには、幾つかの滑石と、その粉が置いてあった。いわゆる、石板の上に文字を書く『チョーク』と言われる鉱物だ。

【滑石《タルク》】
分類：顔料　　品質：良質　　レア：B
詳細：粘土鉱物。細かくすれば白い粉になる。肌によく馴染む。
気持ち：肌が白く見えるよ！

【滑石《タルク》】
分類：顔料　　品質：低品質　　レア：B
詳細：粘土鉱物。細かくすれば白い粉になる。肌によく馴染む。
気持ち：肌が白く見えるよ！　でもごめん、僕の粉末を吸い込むと悪性腫瘍が出来る成分が混ざってる……。

え？　これはどういうこと？

私はオリバーさんを呼んで尋ねた。

「この『滑石』って、幾つかあるうちの一つだけ、品質が悪くて、体に害のある物質を含んでいるみたいですが……」

私は、問題の『滑石』を指さす。

「これは産地が違う物を幾つか置いてみたんですが……。場所によって危険な物質を含む物を産出するんじゃあ使えませんね。さすがにうちの職員には希少な鑑定持ちはおりませんので、チェック体制は作れませんから」

そう言ってオリバーさんは肩を落とす。

「おや、本当かい。滑石がダメとなると……、そうだね、絹雲母か白雲母はないのかい？」

アナさんが、じゃ次は……、と言って辺りを見回す。そんなアナさんを誘導するように、カチュアが絹雲母のある場所まで案内する。

「絹雲母はこちらにありますわ。粉末化した物もご用意しております」

【絹雲母《マイカ》】
分類：顔料　　品質：高品質　　レア：B
詳細：粘土鉱物。細かくすれば白い粉になる。脂感に富んで肌に馴染《なじ》みやすい。

気持ち：肌が白く見えるよ！

「うわあ、純白で肌にも馴染むわ！」

私は、粉状の物を指の腹に取って手の甲に伸ばしてみる。

「はい、我が国の北の山岳地帯で採れる絹雲母は純度が高く、極めて白いのが特徴です。ベースにするとしても、輸出にも耐えうる埋蔵量を誇ります」

アナさんが、満足そうにうんと頷く。

「ベースはこれがいいかもね。絹雲母の粉に、少量『亜鉛華』を混ぜる。すると、以前の『白粉』よりも、消臭作用と日焼け予防による美白効果のある『新しい白粉』の出来上がりだね！」

アナさんは、大体の構想が立ったことで、満足気にしている。

「より良い美容効果のある『新しい白粉』との無償交換であれば、売れてしまった『白粉』の回収も進むでしょう！」

オリバーさんは、もう一つの課題である、回収についても目処《めど》が立ちそうな感触に、ほっとした顔をしている。

「でも、『亜鉛華』は、亜鉛が空気と触れている面だけで少量出来る粉ですわ。これはどう量産するのでしょう？」

カチュアは当惑しているのか、眉根を寄せて悩ましげな顔をしている。

「……そこは、錬金術師の出番だね。そして、そのやり方を見て量産化の方法を考えるのが商人のあんた達の仕事だ」

そう言って、アナさんは私を引き寄せて、背後から抱きしめるようにして私の肩を抱き、もう片方の手でカチュアとオリバーさんの二人を順番に指さした。

私達四人は、亜鉛を持って、商業ギルドの馬車で私のアトリエまでやってきた。

「「おかえりなさい」」

ミィナとマーカスが仕事の合間に出迎えてくれた。

「今から四人で実験室を使うから、引き続きお店の方はよろしくね」

アナさんは、二人に断ってから、私を含めた三人を引き連れて実験室へ入る。そして、錬金釜の前までやってきた。

「デイジー、かなり熱くなるから、手袋とエプロンをするんだよ」

アナさんが注意してくれたので、私は手袋とエプロンを身に着け、撹拌《かくはん》棒を手に握りしめた。そして、アナさんはと言うと、続けてこれからやることの説明を始めた。

「みんな、水は知っているね。温度が低いと氷になって固まり、温かくなると溶けて水になり、火で加熱すると蒸発する」

私達三人が頷くと、アナさんがさらに説明を続けていく。

「それはね、金属だって同じなんだよ。塊のイメージしかないと思うけどね、熱すれば溶けて、もっと熱すれば蒸気になるんだ。ただし、水と違ってその温度はとても高いから、『魔力』を使ってやるんだよ。商人が実現させるなら魔石の力を使うことになるかね」

「「「えっ！」」」

説明された私達三人は驚いて声を上げる。

……そりゃあ合金を作ったことがあるから、溶けるのはわかるけれど、蒸気にまでなるって、びっくりだわ！


「デイジー、ぼーっと突っ立ってないで。アンタがやるんだよ」

ほら、と背をぽんと叩《たた》かれる。

「はいっ！」

背を叩かれたことで、背筋がしゃんと伸びた。

亜鉛の塊を錬金釜の中に入れて、撹拌棒を釜の中に差し込む。

「デイジー。撹拌棒を通して錬金釜を熱く熱く加熱しておいき。沸騰してもびっくりするんじゃないよ」

「はいっ！」

体の中央のオヘソの下から、どんどん体と腕を通して撹拌棒に魔力を流し込み、そして錬金釜の中を熱く熱く加熱していく。大量の魔力が持っていかれるのを感じる。すると、亜鉛はどろりと溶け、やがてボコボコと沸騰し始める。

そして、さらに加熱していくと亜鉛の液体の量が減って、最後には消えてなくなった。

そして、はらはらと『白い粉』が錬金釜の中に降り積もった。

丸みを帯びた形状の錬金釜のために、対流によって蒸気になった亜鉛は外には漏れることはなく、一連の変化は錬金釜の中で完了した。

「亜鉛が、溶けてなくなって、『白い粉』になった……！」

私とカチュアとオリバーさんが、その変わりように、錬金釜の中に驚嘆の眼差《まなざ》しを向ける。

だって、亜鉛はどこかに消えてしまって、なぜか残ったのは『白い粉』。

……どうして蒸発したら消えてなくなるの？　そして現れたこの『白い粉』は何？

「亜鉛は蒸発して気体になると、空気と結びついて『亜鉛華』になるんだよ。固体の表面についた物と、おんなじさ」

アナさんはさも簡単そうにいうが、私達三人にはまだよく理解が出来ない。

「違いは表面積だね。表面積っていうのは、表に出ている部分の広さのことだね。固体のままじゃ、表面積はその表面だけだ。だけど、蒸気になると、亜鉛はたくさんの小さな粒子になるから、表面積が増える。すると、空気と触れる部分が多くなる。だから『亜鉛華』がたくさん出来る」

うーん、わかるようでわからないわ。

そんな私達の表情を見て取ったのか、アナさんがさらに説明を加える。

「氷砂糖と、粉砂糖。岩塩と粉状の塩。水に溶けやすいのはどちらだい？　どちらも粉状の物だろう？　おんなじことだよ。違うのは、水に溶けるのか、空気に触れて白い粉に変わるか、それだけだ」

うん、なんとなく理屈はわかったわ。でも、私はこれが済んだらもう少し勉強しないといけないわね。あとでアナさんにもう一度教わろう。

課題は残ったけれど、まずは出来上がった『白い粉』を鑑定で見てみる。

【亜鉛華】
分類：顔料　　品質：良質　　レア：B
詳細：亜鉛が空気に触れて出来た化合物。白色顔料。日焼け予防や殺菌作用による匂い消しの効果がある。
気持ち：色白美人にしてあげる。日焼けを防ぐ効果もあるよ！

アナさんが言うとおり、亜鉛は『亜鉛華』に変わっていた。

そして、出来上がった時には錬金釜がとても熱くなっていて、部屋の暑さに私もみんなも汗だくになっていた。

錬金術による一定量の『亜塩華』の作成は済んだ。

そうしたら、次は『誰でも作れる方法』の考案と、『試作品のテスト』について考える番だ。

「テストについては商業ギルドの職員の女性の中から、希望者を募りましょう。あとは……、魔道具師の中でも優秀な技師に、亜鉛を蒸発させるための『焼成炉』の作成を依頼します。そうすれば、『誰でも』この化粧品を生産出来るようになります！」

オリバーさんの言葉に、アナさんが、うんうんと頷く。

そんな中、私は、せっかく『澱粉《でんぷん》』見つけたのに使わないのかぁ、とちょっとガッカリ気分で、持って帰ってきていた『澱粉』の瓶を手に取った。そして、それをふと鑑定で見てみた。

そして、私が持つ瓶の下には、実験したあとの、冷めた錬金釜の底に溜《た》まった『亜塩華』があった。

【亜鉛華】
分類：顔料　　品質：良質　　レア：B
詳細：亜鉛が空気に触れてできた化合物。白色顔料。日焼け予防や殺菌作用による匂い消しの効果がある。
気持ち：あれ。澱粉君だ！　僕と澱粉君を半分ずつで混ぜると薬になるよ！

【澱粉】
分類：食品　　品質：普通　　レア：B

詳細：食品にとろみをつけることが出来る粉。女性の肌を白く見せることも出来るが、カバー力は低め。
気持ち：あれ。亜鉛華さんだ。僕と亜鉛華さんで皮膚用のお薬になるよ！

……お薬になるですって⁉

「ねえ、アナさん。『澱粉』と『亜塩華』を同じ分量で混ぜると皮膚用の薬になるらしいの。使ってもいいかしら？」

カチュアとオリバーさんと一緒に、量産化に向けての議論に夢中になっているアナさんに尋ねた。

「おや？　薬になるのかい。だったらやってみな」

「はい」

そう言うと、私は実験器具の一つである『天秤《てんびん》』を取り出して、実験台の上に置いた。

天秤は、左右のお皿に物を載せることで、同じ重さであることを確認出来る機材だ。その天秤の左側の皿に『澱粉』を、そして、右側の皿に『亜塩華』をスプーンで掬《すく》って入れる。等量を混ぜ合わせて…。

【亜鉛華澱粉】
分類：医薬品　　品質：良質　　レア：B
詳細：湿疹《しっしん》・皮膚炎、汗疹《あせも》、間擦疹《かんさつしん》、日焼けなどの皮膚疾患に散布することで、収れん、消炎、保護、緩和な防腐をするよ。

気持ち：でも、じゅくじゅくと湿潤した患部には使わないでね！

……やったぁ！　薬を開発出来ちゃったわ！　これって、初めてよね⁉

そう、今までは、教本を参考にして、薬剤であるポーションを作ってきた。だけど、それは先人達の発見した技術の再現にしか過ぎない。でも、この『亜鉛華澱粉』は、『私が開発した』薬剤なのだ！　そりゃあまあ、私には鑑定さんという強い味方がいるのだけれど。

それでも、私は自分の人生の中では、初めての出来事に、わくわくして内心大興奮してしまう。

……凄《すご》い、凄いわ！　私初めて自分の力で薬を作れたのよ！　教本に載っている薬品を発見した人達と同じことを成し遂げたのよね⁉

「アナさん！　私初めて自分で新しいお薬を作ったわ！　患部に塗ることで、湿疹や皮膚炎、汗疹、間擦疹、日焼けの症状を抑えることが出来るわ！」

私は興奮して思わずアナさんの手をギュッと握ってぶんぶんと振る。

「よく見つけたね」

そう言いながらアナさんが笑顔で私を見て目を細める。

そして、「よくお聞き」と注意してから、静かに語り始める。

「『錬金術師』って言うのはね、世界に存在する物の有り様を研究し、無価値な物から有益な物を生み出す者達のことを言うんだ。世の中の実情はともかく、『錬金術師』は、ポーションを作るだけの薬師じゃない。ましてや欲に眩《くら》んで、金を作ろうとフイゴを吹き続ける者でもないんだ」

そしてアナさんは、私が握ったままの手を逆にギュッと握り返してくる。

「デイジー、お前さんは今、初めて自分自身で、無価値だった物から、人々に有益な物を発見した。ようやくお前さんも、『本物の錬金術師』の仲間入りだよ」

そして、繋《つな》いだ両手を解くと、アナさんは私を全身で抱きしめてくれた。

「ようこそデイジー。『本当の錬金術の世界』へ」

その言葉に、私の体の奥底から心が高揚して、頬《ほお》が紅潮し、思わずポロリとひとしずくの涙がこぼれ落《お》ちた。


……嬉しい！　師匠に『本物の錬金術師』って認めてもらえた！


そんな私が感動に酔いしれている中、やはり商人だからなのだろう、オリバーさんとカチュアは、今度は『亜鉛華澱粉』の商品化に向けての計算を頭の中でしたようだ。

「汗疹や湿疹なんて、わざわざ高価なポーションを塗布しませんものね。でも、この『澱粉』と『亜塩華』の粉であればもっと安く提供することが出来ます！　だいたい手のひら大の化粧箱にたっぷりの量を入れて売ったとしても、二百から三百リーレってところですわ！」

カチュアが興奮した面持ちで告げて、親娘で頷き合うと、今度はオリバーさんが話を繋げる。

「そして、『亜鉛華澱粉』の量産を可能にするには、じゃがいもの増産を国に依頼することになる。土地を持てない農民達を募って開拓事業に協力してもらうことになります。陛下の御心《みこころ》次第では、彼らはゆくゆくは土地持ち農家になることも可能でしょう！」

すると、次はカチュアの番だ。商人の子は商人なの？　親娘で頭の回転が早いわ！

「彼らには、じゃがいも作りの合間に、『澱粉』作りの副業をしていただくことで、彼らの収入増加による生活向上と、税収の増加が期待出来ますわ！　ぜひ、この薬も含めてテストして、その結果をもって陛下にご報告しましょう！」

オリバーさんはもうすっかり大興奮だ。

カチュアも私の元へやってくる。

「あなたって本当に凄いわ！　そして、助けてくれてありがとう！　大好きよ！　デイジー！」

そう言って、私を抱きしめてくれた。


日は経過して、今日は国王陛下への報告の日がやってきた。

報告を受けるのは、国王陛下と宰相閣下と財務卿《きょう》の三名。

報告者側は、私とオリバーさんとカチュア。アナさんにも来てもらった。そして足元には私の護衛の子犬姿のリーフが伏せをしていい子にしている。

「本日は、お時間を頂戴し有難く存じます。輸入してしまった『白粉《おしろい》』の代替品について目処《めど》が立ちましたので、そちらについてご説明させていただきます」

まずは、陛下方に、今日の主題をオリバーさんが申し上げる。

「おお、あれに代わる物が、ついに出来たか！」

国王陛下も宰相閣下も、ほっとしたのか喜色を浮かべる。

すると、オリバーさんが白地に青色の花々を描いた小さな陶器に入れた、『新しい白粉』をテーブルの上に出して、皆に披露する。

「こちらは、我が国の北部の鉱山で採れる絹雲母を粉状にした物をベースにし、亜鉛という金属を焼成して作った『亜鉛華』という粉を混ぜた新製品です。どちらの素材も、毒性はありませんし、私共のギルドの職員を使って試験をし、肌に悪影響がないことも確認済みです」

すると、陛下方から、喜びの声が上がる。

「なお、添加しました『亜鉛華』には、日焼けを予防する効果がございますので、より美容効果が高い物として売り込むことが可能です」

オリバーさんが、『新しい白粉』の説明を丁寧にしていく。

「ほう、ならば、美容や新しい物に目のない女性達は、こちらに飛びつくだろう！」

既に流通してしまった物から、女性の心を離せるかを懸念していた宰相閣下は、喜色を浮かべる。

「はい、既に売ってしまった輸入物の『白粉』も、この新しく美容効果のある『新しい白粉』と無償交換させていただくと広く宣伝して、我がカチュア商会で責任をもって回収したいと思います」

うむ、と頷く宰相閣下は満足気だ。

「その周知に関しては、国としても協力しよう」

そう言う国王陛下も満足そう。

「絹雲母と亜鉛が取れる鉱山の鉱夫を増やさねばなりませんな。そのための初期投資が必要になりますな。ですが、これを我が国の産業とすることが出来れば、税収の増加が期待出来ます。これは早急に対応せねば」

財務卿はやはり立場的に、経費や税収といったことが気になるようだ。

「陛下、『鉱夫』の職業持ちを集めるだけでは足りなくなる可能性があります。生活困窮者を中心に、『職業に関する特例措置』について、事前に教会に根回しした方が良いかもしれません。なにせ、これは我が国の一大産業となるかもしれない、世界で初めての『安全な白粉』ですぞ！」

宰相閣下も、お人柄からすると、珍しく興奮した口ぶりで、陛下に進言される。

国王陛下と宰相閣下と財務卿が、顔を見合わせて頷《うなず》いた。

『職業に関する特例措置』。それは、洗礼式で与えられた『職業』を神の思《おぼ》し召《め》しであることから絶対のものとみなす教会に対して、他の職業に就くことを認めさせる措置なのだそうだ。

通常であれば、神はその国に必要な人数の職業を人々に与えていくが、新たに国に産業が起こった場合は、神が最初に分配した人数では間に合わないといった事態が起きる。今回の件もそうだし、新しく農地開拓するような場合がそれにあたる。

そういった場合は、『特例』として、教会の許可の元、その措置が行われことがある。その場合、洗礼式で与えられた『職業証明書』には、『特例として鉱夫の職に就くことを認める』などという注釈事項が追記されるのだそうだ。

そこに、オリバーさんがさらなる報告をお伝えしようと、声を上げる。

「もう一点ご報告したいことがございます。デイジー嬢が、この『新しい白粉』を探す中で、新たな薬剤を発見されました。これがその品で、『亜鉛華澱粉』という、湿疹や汗疹といった皮膚疾患に散布して効果のある品です。これは、ポーションなどと比較しますと非常に安く提供可能なのです」

ほう、とちょっぴりふっくらした体型の財務卿が興味を持ったようで、オリバーさんが差し出した『亜塩華澱粉』入りの箱を手に取って眺めている。

「こちらは、『亜塩華』と、じゃがいもから取れる『澱粉』という粉を、同量ずつ混ぜた物です。成分の半分はじゃがいもが原料のため、ポーションが一千リーレするのに対して、こちらは化粧箱にたっぷりの量で販売したとしても、二百〜三百リーレで提供出来ます」

その価格に、財務卿が「それは安い！」と反応する。

「陛下、じゃがいもも我が国では食料とするのに足る量しか生産しておりません。開拓民を募って農地を開拓する必要がありそうですな。農民が不足するようであれば、こちらも『特例』の調整が必要かと」

すかさず、宰相閣下が国のじゃがいもの生産状況を陛下にご説明する。

「その、『澱粉』とやらの生産はどうやるのだ？　簡単に出来る物なのか？」

『亜塩華澱粉』に興味津々の財務卿が質問してくる。

「これは、じゃがいもをすり下ろした物を布巾に包んで、よく揉《も》み出すことで採取出来ます。新たにじゃがいも農家となる農民の副業としてお認めになれば、農民達も、じゃがいもの生産だけでなく、付加価値のある『澱粉』を売ることで収入が増え、その結果税収も増えるでしょう」

ミィナが作ってくれたのを見ていた私が、手順を説明した。

「……私の汗疹も治り、税収が増える……。素晴らしい」

ボソリと財務卿が漏らす。


……汗疹で悩んでいたんだ……。なんだかとっても嬉しそう。


「では、農地開拓については、国の領地のうち未開拓の土地で行うとしよう。開拓事業を担う貴族を募れ。開拓の結果次第によっては陞爵《しょうしゃく》の上、その土地を領地として与えることにすれば、希望者も出てくるし、成果を出そうと励むであろう」

陛下のお言葉に、両閣下が頷く。

「それと、鉱山については、亜鉛と絹雲母の増産を指示せよ。また、教会との調整も急ぎ手配せよ。宰相、そなたにこの件の取りまとめ役を命じる」

国王陛下が国で取り仕切るべき事柄をまとめて、それを宰相閣下に命じられた。

そして、国を挙げての原材料の増産が始まれば、あとはカチュア商会の出番だ。

こうして、国を挙げての事業が始動し、『白粉』騒動は収束に向けて動き出す。

私とアナさんは、新製品の開発についての権利をカチュア商会に譲り、私達から権利を買い取ったカチュア商会が『新しい白粉』と『亜鉛華澱粉《でんぷん》』の生産を手掛けていく。

カチュア商会は、まずは安全な『白粉』との無償交換にあたって非常に誠実な対応を行い、商会としての信頼を取り戻していく。

やがて、この騒動をきっかけとして、女性向けの安全な化粧品開発が、我が国を代表する産業になり、それに力を注いだことを評価されてカチュア商会は大商会へと成長していく。

そして、鉛や水銀製の『白粉』の輸入元の国も、安全なカチュア商会の『白粉』を輸入するようになり、次第に被害は減っていくのであった。

また、私の開発した『亜鉛華澱粉』は、安価で手頃ということもあって、販売が始まるとすぐに、貴族から庶民まで広く親しまれる薬剤として普及していった。製造販売権をカチュアに売ったけれども、私が生み出した薬は、後世まで人々に親しまれるのだった。

第八章　美味しい物を食べよう！

『白粉』騒動も収束の目処がついた頃、アトリエに大量の本が届いた。王妃殿下が約束してくださっていたお礼だ。高価で貴重な本がたくさん。錬金術を始めとして、料理図鑑、食材図鑑、植物図鑑、薬草図鑑、鉱物図鑑……と、役に立ちそうならなんでも？　って感じで、山のようにある。

「料理図鑑と食材図鑑を使いこなせるのはミィナかな？」

一生懸命、お給料を貯《た》めて料理の本を買い集めていたミィナのことだ。これを見たら、絶対に大喜びするはずだわ！

さっそく彼女を呼ぼうと、「ミィナ〜！」と大声を上げる。すると、厨房《ちゅうぼう》にいたミィナがリビングにいる私の元へやってきた。

「うわぁ、すごい数の本ですね！　どうなさったんですか？」

キョロキョロと、テーブルの上の本のタイトルを眺めていたミィナの目が、ぴたりと料理図鑑と食材図鑑を発見して止まる。

「料理図鑑に食材図鑑じゃないですか！　しかもこんなに分厚い！　はわわわ……。読みたいです〜！　デイジー様、読ませてください！」

ミィナは、それを目の当たりにした感動からか、両手を胸の前で組んで目をキラキラさせている。

「先日の献上品のお礼として頂いたのよ。その料理図鑑と食材図鑑はミィナにあげるわね。美味しいお料理を期待しているわ！」

私は、本を整理しながら、「よっこいしょ」と分厚い二冊の本をミィナに手渡した。

「はわわ、重い！　こんなに頂いてしまっていいんでしょうか……！」

ミィナは感動しつつもうろたえている。

「ミィナちゃーん！」

そんな時、ちょうど店の外から男性の声がした。

「あれ。いつもの冒険者さんの声かな……？　ちょっと失礼しますね！」

ミィナが一旦本を元に戻して、階段を降りていく。

パン工房の店頭へ向かったミィナが、暫《しばら》くしてから持って帰ってきた物は、『ブラッドカウ』という、牛型の魔獣の立派なお肉の塊だった。年をとった乳牛を食肉にした一般品より、ブラッドカウの肉は高級とされていて、脂と赤身のバランスもよく美味しいのが特徴だ。

「なんか、お土産って言われて……。頂いちゃいました……」

どうしてでしょう？　とこてんと首を傾げるミィナ。うん、可愛らしい。


……そんな可愛《かわい》い、うちの看板娘狙いでしょ！

まあ、そこは置いておいて、非常に贅沢《ぜいたく》なお肉をお裾分けしていただいてしまったので、育ち盛りな私達は、やはり食べ方に議論が移る。

「今夜は、定番のステーキかしら？」

やはり、美味しい牛肉はステーキでシンプルに頂くのが美味しい。なので、そう尋ねる。

「でも、せっかく料理図鑑を頂いたのだから、少し考えてみませんか？」

そう言い残してから、ミィナは階下の厨房に移動して牛肉を冷蔵庫にしまってきたようだ。そして、リビングに戻ってくる。

「そういえば、最近男性のお客さんに、もっとガッツリ食べ応えのある物が載ったパンを食べたいって言われるんですよね」

私が、居間に新しくあつらえた本棚に本をしまっている横で、ミィナはテーブルのそばの椅子に腰をかけて、ため息まじりに頬杖《ほおづえ》をつく。


……ちょっと困ってそうね。手伝いますか！


「一緒にパン工房の新作を考えましょうか。同じ品を繰り返していたら、お客さんも飽きちゃうわよね！」

ニコッと笑いかけて提案すると、ミィナは嬉《うれ》しそうに瞳を輝かせて大きく頷いた。そして、片付け途中の本の山の中から、さっき手渡してから元に戻していた料理図鑑を引っ張り出してくる。

「何か参考になるのありますかね……」

そう言って、ミィナは、料理図鑑のページをめくり始める。私も彼女の横に腰を下ろして一緒に本を眺める。

「……馬や牛のタルタル」

「パンに生肉は合わないんじゃないでしょうか」

私が口にしたそのページには、生の牛肉のミンチが描かれていた。添え物として描かれている、卵ベースらしいソースも、初めて見る品だった。

「じゃあ焼いちゃえ」

「……なんでそのままで美味しいお肉を、わざわざクズ肉にしてから、また焼くのかわかりません」

思いつきで言った私の言葉は、すぐさまミィナに却下されそうになった。

「いやいや、だって、ステーキって子供には硬いじゃない？　私、小さかった頃に、お父様達がステーキを美味しそうに食べているのを見ていて、羨ましかったのよね」

すると、ミィナはなるほど、と納得したらしい。

「一度ミンチにして、それを固めて焼けば、子供でも噛《か》むのに苦労しないステーキが出来そうですね。それに、噛むことが辛くなった、お年を召した方も喜びそう……。やってみましょうか！」

意気揚々と、私達は新作開発のために厨房に移動した。

そして、手を洗って綺麗《きれい》な布巾で拭う。

ミィナが、さっそく、牛肉をミンチにするために、さっき頂いたブラッドカウの肉をスライスして、包丁二本を使って手早く叩いて細かくする。ん。器用ね……。

「塩と胡椒《こしょう》は最低でもいりますよね……」

ミンチにした肉をボウルに入れて、粉末状の塩と胡椒を入れる。そして捏《こ》ねてみる。すると肉に粘り気が出て、塊に出来そうな様子になってきた。

「これで試しに焼いてみましょうか」

フライパンの上に油を引いて、肉だねを載せて焼く。見ていると、焼いているそばから肉汁がフライパンに流れ出てくる。

「……なんだか、肉汁が流れ出ちゃって勿体《もったい》ないわね」

「そうですねえ。この油が美味しいんですもんねえ」

二人で、少々不安になってコメントを交換し合う。

両面しっかり焼いて、出来上がった物を試食してみる。

口の中で肉がほろりと解ける感じはいいのだが、なんだか、上質な肉の屑《くず》を食べている感じがして、残念さが否めない。それと、せっかくの肉汁が先に流れ出てしまうのが悔しかった。

なぜなら、フライパンの上には肉から流れ出た油がたっぷりと残っていたからだ。

「子供にも美味しく感じるようにするなら、もっとふんわり感が欲しいですねえ」

そう言うのはミィナ。

「せっかくだから肉汁閉じ込められないかしら？」

私も、欲が出る。

いきなり課題二つにぶつかった。

……そうだ、鑑定で見たら上手《うま》くいかないかしら？
一口残ったひき肉のソテーを皿ごと持って、厨房の食材がある辺りをウロウロしてみる。

【玉ねぎ】
分類：食品　　品質：普通　　レア：普通
詳細：生だと辛く、炒《いた》めると甘みが出る野菜。涙が出ちゃうのはご愛嬌《あいきょう》？
気持ち：炒めた僕を入れれば、その子を柔らかくしてあげるよ。あ、ちゃんと冷ましてね！

……あ、これはいいみたいね。
そしてその横に、昨日売れ残ったパンが置いてあった。

【パン】
分類：食品　　品質：低品質　　レア：普通
詳細：一日経《た》って乾燥してしまったパン。
気持ち：僕を細かくすると、パン粉になるよ。肉汁を封じ込めてあげる。

……あった！
でも、一日経ったパンでいいのかしら……。

【卵】
分類：食品　　品質：良質　　レア：普通
詳細：今朝鶏が産んだ新鮮な卵。
気持ち：僕を入れたら柔らか食感になるよ。お肉もしっかりまとめてあげる。

……なんか、良くなりそうな気がしてきたわ！

「卵を入れたらお肉がまとまりそうじゃない？　それから……。炒め玉ねぎを入れたら、甘さがまして子供が喜びそうね。あとは……。乾燥しちゃったパンって、細かくして入れたら、溢《あふ》れる油を吸ってくれそうな気がするんだけれど……」

実はまだミィナには、鑑定のことは話していないので、「なぜ？」と聞かれたら苦しいが、適当を装って提案してみた。

「……乾燥って、昨日のパンですか……？　まあ、パン粉の作り方としては間違っていませんが、それをカツレツの衣じゃなくて肉に混ぜるんですか？」

そうは言っても、一応雇用者の要望なので、半信半疑という感じでミィナが改良作の作成に取り掛かる。

まずは、パンを細かくすり下ろす。

「玉ねぎはみじん切りじゃないと、多分肉だねが割れちゃいますよねえ」

そう言って、みじん切りにした物をフライパンで色が着くまで炒めた。

「冷ましてから入れてね」

「お肉の脂溶けちゃいますもんね」

そうして、再び肉だね作りに戻る。

微塵《みじん》にした肉に、塩胡椒を入れて粘りが出るまでよく揉《も》み込む。

そして、卵、玉ねぎ、パン粉を入れて混ぜる。

「普通に丸めただけだと、さっき余分な隙間が出来て割れていたから、空気を抜きましょうか」

そう言って、ミィナは一人分の肉だねを手に取ると、パンパンと手の間で交互に叩きつける。

そして、油を引いたフライパンで焼き始めると、じゅうじゅうと音をたてて肉が焼けるいい匂いがする。

「なんか、お肉がふっくらしてかさが増してきちゃいましたね。生焼けは嫌なので、裏返したら蓋して蒸し焼きにしましょう」

そして、そろそろ焼き上がるかな、という頃に、店の客足が途絶えたらしく、マーカスが厨房に顔を出してきた。

「ちょっと、さっきからお二人だけで、何美味《おい》しそうな匂いを漂わせているんですか～!」

育ち盛り男子のマーカスは、肉の焼ける匂いに鼻をひくつかせる。

「これは、美味しそうな匂いですね」

「ちょうど試食用に三つ焼いたから、マーカスの分もちゃんとありますよ」

そう言いながらミィナが蓋を開けると、ぶわっと蒸気と一緒に、食欲をそそる焼けた肉の匂いと、まるまるとした肉の塊が姿を現した。

「さっきより肉汁は出ちゃっていないみたいですね」

ミィナは満足そうに串焼き用の串を肉に刺して、透明な脂が流れてくる様子をチェックする。

「うん、中が生焼けってこともないようですね！　試食しましょう！」

その言葉に、マーカスが食器棚からお皿三つとトングとフォークを取り出してきて、テーブルの上に並べる。

ミィナは、そのトングを使って皿の上に一個ずつ焼いた肉だねを置いていく。

「「「いただきます！」」」

フォークを横にして一口大に肉を切る。すると、じゅわっと肉汁が溢《あふ》れてきた。


……あ、勿体ない！

慌ててフォークに刺して口に頬張《ほおば》ると、肉の旨味と共に、肉汁がじゅわわっと口の中に広がった。しかも、微塵にされた肉は口の中でほろりと解けて舌で崩れてしまうほどの柔らかさだ。そしてさっきと違ってふんわり柔らかい。

「「「おいしーい！」」」

三人で大絶賛する。

「これは私達で開発したメニューよね。うーん、名前はどうしようか」

私は最後の一口を頬張《ほおば》って、惜しむようにしっかり噛《か》み締《し》めてから飲み込んだ。

「『やわらかステーキ』、とか？」

ミィナが提案する。

「うん、それいいね！　……ってあれ？」

食べ終わったお皿に残った肉汁が白く固まっていることに気がついたのだ。お行儀が悪いが、それを指でとって舐《な》めると、ざらり、とあまり美味しいとは思えない舌触りがした。そして、そのことを二人に伝える。

「そうすると、お持ち帰り用にお店に出すパンに挟むのには、油がざらりとしない、鶏系のクレイジーチキンや豚系のマッドピッグの肉に変えた方が良さそうですね」

持ち帰り販売用には、さらなる改良が必要なようだった。

◆

「ミィナちゃん、こんにちは」

男女の二人連れの冒険者がやってきた。彼らはこのパン工房の常連さん。この間、ミィナにお肉を差し入れしてくれたのも彼らだ。

「今日は新作のパンがありますよ、食べていかれますか？」

ミィナが、先日の差し入れのお礼を言いながら笑顔で尋ねる。

「じゃあ、パンは新作で。飲み物は冷たい紅茶がいいな」

「私も同じ物で」

「少々お待ちくださいね」

ぺこりと一礼をしてから、ミィナが厨房《ちゅうぼう》の中に入る。

しばらくしてから飲み物と新作パンの載った皿が彼らの前に置かれた。新作パンは、ふんわりパンを半分に切って、先日私達が開発した、焼きたての『やわらかステーキ』とトマトの輪切りを挟んだ物だ。

「大きくお口を開けて、パンと挟んだ物を一緒に食べてくださいね！」

そう、食べ方を教えるミィナの言うとおり、彼らは大きく口を開けて、それにかぶり付く。

「これは……、肉？」

「でも、口の中で柔らかく崩れるわ」

「先日頂いたブラッドカウから思いついて作った、『やわらかステーキ』です。お肉をみじん切りにしてから色々混ぜて焼くと、その柔らかいステーキになるんです。お味はいかがですか？」

「「美味しい！」」

二人はあっという間にそれを平らげた。

美味しそうにそれを頬張《ほおば》る二人を、嬉《うれ》しそうに確認してから、ミィナがその場を離れる。

『……「影」、この新作はご家族全員分持ち帰らないと』

『ああ、お叱りを受けるな……「鳥」』

こっそりと彼らは内緒話をする。

「ミィナちゃん、これお土産用に四つ買って帰りたいんだけれど」

冒険者の一人がミィナに注文する。

「冷めても美味しい別のお肉で作った物もありますけど、今の物とどちらにしましょうか？」

「今の物で！」

しばらくして作りたてをミィナが持ってくる。

「はい、じゃあ、食べる前にオーブンか何かで軽く温めてくださいね」

料金を受け取ったミィナは、まだ温かい物なので、軽めに包んで品物を手渡す。

「じゃあ、また来るね！」

そう言って二人は店をあとにし、物影に隠れた。

「……では行ってくる、あとの見回りは頼んだぞ、『影』」

「……承知した、『鳥』」

その瞬間『鳥』は姿を消し、瞬間移動《テレポート》で王城の王家の住居エリアに一瞬で移動した。そして、彼女は瞬時に仮面で顔を隠す。

「……陛下」

「おお、『鳥』か」

「陛下、急に現れ申し訳ございません。デイジー嬢の店で、美味なる新作が販売されておりましたゆえ、温かいうちにお召し上がりいただきたく、お持ちしました。なんでも、『やわらかステーキ』なる物をパンに挟んだそうです」

「おお、それは楽しみだ！　早く家族を呼べ！」

陛下は侍従に指示を出し、デイジー達の新作を楽しむために家族を呼び寄せるのだった。

そう、彼らは『白粉《おしろい》』騒動の時に、宰相の命令で隣国の情勢をあっという間に調べあげた、凄腕《すごうで》の暗部の者達である。あの調査が一日で出来たのは、『鳥』の特殊スキルがあったからだ。

そして、あの時デイジーが『物語のようだ』と憧れた『影』と『鳥』が、常にとはいかないが、実はこっそり常連客に見せかけて守ってくれていることなど、デイジーは露程《つゆ》も気づいてはいない。

それにしても平和な国である。鑑定以上に希少な【瞬間移動《テレポート》】使いを、デイジーのお店の新作の、お使いにしているのだから……。

急いで家族を呼び寄せる陛下を眺めながら、『鳥』は、その平和を喜ぶのだった。

◆

そしてまた数日が過ぎて、私は、先日本に書いてあった牛肉のタルタルのそばに添えてあったソースを話題にしていた。

「ねえねえ、ミィナ。このあいだの生肉のタルタルに添えてあったソース、美味しそうじゃない？

なんでも、とってもコクがあってクセになるソースなんですって！」

それは、綺麗《きれい》に整形された生肉の横に、こんもりと添えられていた。

「マヨネーズ、ですか」

ミィナが私が開いている料理本を覗《のぞ》き込む。

「マヨネーズ島で作られている物を持ち帰ったから、その島の名前をとってマヨネーズなんですね」

なになに……と、ミィナが材料をチェックし始めた。

「主な材料は卵黄、塩、酢、植物油……。卵と油と酢で、どうしたらこのような状態になるのか理解が出来ませんね……」

「作ってみましょうよ！」

私は、最近買った泡立て器（細い木の枝を束ねてまとめた物）をミィナに差し出す。

「泡立てるのにフォークだと大変だと思って、泡立て器を買っておいたのよ！」

そう言って、泡立て器をミィナに手渡した。

「まあ、主人が食べたいという物を作るのも私の務めですからね……。ボウルを出してっと……」

ミィナはボウルの中に卵を割り入れて、塩と酢を入れる。そして綺麗にそれらをかき混ぜた。

「……そうしたら、分離しないように少しずつ油を入れます、と……」

ミィナは本を確認しながら、少しずつ油を混ぜていく。すると、卵液の色は濃い黄色からだんだん白みがかってきて淡く黄色い、もったりとしたソースになった。

鑑定さんで見てみると、数日経たないと食中毒を起こすようなので、それとなく忠告して、数日待つことにした。

そして数日後、スプーンで掬《すく》って、二人でマヨネーズの味見をしてみる。

「「美味しい！」」

「これをかけたら、子供はこのソース目当てに、苦手な温野菜も食べられちゃうレベルじゃないですか？」

ミィナが、長い尻尾の先を、くるくるくねくねさせながら言っている。きっとかなり気に入ったのだろう。

「うーん、男性のお客さんが期待している『ガッツリした物』に、これがソースとして載っていたらかなり喜ばれないかしら？」

いや、私には具体的な構想はないのだが、体力勝負で仕事をする男性だと、こってりとした物に、さらにこってりしたソースを載せるというのも受けそうな気がしたのだ。

と、そんな時に厨房のテーブルにある瓶の中に、パン粉が入っているのを見つけた。

「ねえ、今日の夕食のメイン食材ってなあに？」

「クレイジーチキンのソテーにしようと思っています」

ミィナがそう答えたので、パン粉を持って冷蔵庫を覗《のぞ》き込《こ》んだ。確かに中にはクレイジーチキンのむね肉が入っている。


【パン粉】

分類：食品　　品質：普通　　レア：普通
詳細：乾燥したパンを細かくした物。肉や魚にまぶして揚げると絶品。
気持ち：小麦粉と溶き卵をそのむね肉にまぶしてから僕をつけて、揚げてみて！　絶品だよ！

……絶品なのかぁ……食べたいわ！


「ねえ、ミィナ。このお肉を植物油で揚げ物にしたいんだけれど、お願い出来るかしら？」

「……肉を植物油で揚げる、ですか？」

ミィナは、よくわからないといった顔で首を傾《かし》げた。

「失敗しちゃったら、またお肉は買いなおしてもいいから！　ね、お願い！」

そう言って、私はミィナにパンッと両手で拝んでお願いする。

「まあ、デイジー様の勘って意外と当たりますからね……。やってみましょうか！　それにしても、今度は植物油で揚げたいだなんて。植物油は高級品なのに贅沢《ぜいたく》なことをおっしゃいますね」

……いや、勘じゃないんだけど……。都合がいいからそういうことにしておきましょう。そして、植物油で作りたいなんて贅沢だということも認めましょう。私は鑑定さんが勧める美味しい揚げ物を食べてみたいのよ！

私達の世界にはバターやラードとか動物性の油で揚げ焼きにする、カツレツとかの料理はあるんだけれど、植物油たっぷりで揚げる料理は、存在しない（というか、私は存在を知らない）。

動物から採れる動物性油脂は一般に普及しているけれど、植物から採れる油はごく少量だったり、工程が難しかったりして、ミィナの言うとおり、基本的に高級品なので一般品として出回ってはいない。

だけど、鑑定さんがお勧めするなら、味に間違いはない気がする！　食べてみたいわ！

なので、私は、むね肉の加工方法を、鑑定のオススメ（？）どおりにミィナに伝えた。

それを聞いてミィナは、揚げ油をフライパンに入れて用意し、火にかける。そして、むね肉を薄めに切った物を縮み防止のために包丁の峰でしっかり叩いてから塩胡椒で味をつけて、小麦粉をまぶしてから溶き卵を絡めて、最後にパン粉をまぶした。

「デイジー様の言うとおりにしたら、いっぱいパン粉がつきましたね！　じゃあ……、油も温まったようですし、揚げてみましょう！」

ミィナがお肉をフライパンに投入すると、パン粉の衣をまとった肉からじゅううっと泡がたった。しばらくすると衣がきつね色に変わって、沈んでいた物が浮いてくる。

「ん、いい感じですね。食べたらどんな感じなんでしょう！」

ミィナがトングでそれを掴《つか》むと、「サクリ」と軽い音がする。そして、贅沢に植物油を使って揚がったパン粉からは香ばしい香りがする。

「油が結構ついちゃってますね……。どうしましょう」

「ザルで切れないかしら？　あ、でもこれ木製だから油が染み込んじゃうかも……」

調理器具の中からボウルとザルを持ってきたものの、木製じゃダメかしら？　と思ったのだ。

「揚げ物専用にしましょうか。デイジー様、トングも含めてあとで新しい物を買わせてくださいね」

よくよくミィナの手元を見ると、トングも木製だった。私は、「わかったわ」と言って頷《うなず》いた。

「……さて、試食してみましょうか」

ミィナがまな板の上で油を切った揚げ物を三等分する。そして、小さな皿三つに、揚げた物とマヨネーズを添えた。

「マーカス～！　手が空いていたら来て、試食よ！　今が出来立てよ！」

私は店番をしているマーカスに声をかける。

「今行きます！」

急いでやってきたマーカスが試食に加わる。

一口大のクレイジーチキンのむね肉の半分を、まずはそのままで食べてみる。

「「「いただきます！」」」

「あふっ……！」

……あっつい！

気をつけないと口の中を火傷《やけど》しそうだ。

でも、周りの衣のサクサクとした歯ごたえは軽快だし、衣の一番内側の層はおそらく肉汁を吸ったのだろう、塩気と鶏の旨《うま》みがたまらない。そして、肝心のお肉も柔らかくしっとりしていて美味しいのだ。

そして、残りの一口にはマヨネーズをつける。

「美味し～い」

さっぱりしたむね肉に、塩気としっかりとコクのある旨み、そして爽やかな酸味が加わってとても美味しい！

「マヨネーズには、みじん切りにしたピクルスを加えても良さそうですねえ……。もうちょっと色々考えてみます！」

ミィナは、最初は半信半疑だった揚げ物にも満足したようで、創作意欲が湧いたようだった。

ちなみに、ミィナ考案のピクルス入りの物は、さらにゆで卵のみじん切りも加わって完成した。そして、生肉の『タルタルステーキ』に添えられていたソースから考えたから、『タルタルソース』と名付けた。

◆

次の日。

『影』と『鳥』は、今日も冒険者を装ってアトリエ・デイジーにやってきた。

そして、今日の新作であるという、『むね肉のフライのタルタルソースがけ』が挟まった、ふんわりパンにかぶりつく。

「『影』……！」

「『鳥』……！」

彼らは小声で確認し、頷き合う。

これは美味しい！　彼らはそう確信する。

そして、先日同様、彼らはミィナにお土産用を追加注文して品物を受け取ると、裏路地へ隠れる。

辺りを確認して、『鳥』は城へと転移していった。

「……我が国は今日も平和だな」

裏路地に一人残された『影』と呼ばれる男はそう呟く。自分達が別の任務に駆り出されないということ、それは今この国が平和ということだ。

そうである今日という日に、彼は神への感謝を込めて目を瞑《つぶ》るのだった。

◆

お料理開発はまだ続く。

ある日、私が『料理図鑑』を読んでいると、この間作った『フレッシュチーズ』ではなく、『セミハードチーズ』という物がよく出てくることに気がついた。

……紅花の種もまだ残っているしなあ。

うん。この、日持ちがするというセミハードチーズがあれば、ミィナのレシピの幅も広がるに違いない！

「作りますか！」

私は厨房《ちゆうぼう》へ移動する。

途中までは作り方は一緒だから思い出しながらやりましょう！

紅花の種から成分を抽出する。

すり鉢で種を潰して、それを少量の牛乳に浸す。種の成分が牛乳に出るまで、かき混ぜながら魔力を注ぐ。

十分に種のエキスが牛乳に移ったら、布で搾って、エキス入り牛乳は置いておく。

鍋に牛乳を入れて加熱器で温め、指先で触れられる温度に温めた物に、さっきの紅花のエキスが入った牛乳を足す。火を消して錬金発酵させると、牛乳がヨーグルトからプリンの間くらいの硬さに固まるので、包丁で人差し指の関節の長さくらいの間隔で縦横、鍋の底まで切る。

少し待つと、液体部分が滲《にじ》み出《で》てくるので、弱火にして温める。ゆっくり底の方も攪拌《かくはん》し、再び温度をぬるいお湯程度にゆっくり上げていく。温度が上がったら、火を消してから蓋をして二刻ほど放置する。

二刻待つと、固形と液体に分かれているので、ザルで固形部分を集める。

ここまでは、フレッシュチーズと一緒。ここからが、以前作った物とは違うところよ！

穴の空いた陶器に集めておいた固形部分を入れて、ぎゅっと上から押せるくらいの蓋に、それより一回り小さい丸い板を用意する。

この一回り小さい蓋でぎゅっと上部を閉じたら、重石《おもし》などでぎゅっと押し続ける。ここは教会の鐘五回分から半日くらい。そうすると中の水分がもっと抜けていく。

終わったら、今度は容器から出して、塩水につけて一日放置。

……まんまるチーズみたいに熱くて大変な作業はないけれど、かなり時間がかかるわね。

そして今度は、日の当たらない風通しの良い涼しい場所で一日乾燥させる。

さて、ここからが錬金術師の出番！

長期間自然に熟成させる分を、一気に錬金術で熟成させちゃうのだ！

乾いた布を用意しておく。魔力を込めて熟成と内部の乾燥を促していき、時々用意しておいた乾いた布で拭ってあげていると、だんだん白かった表面が黄色味《きいろみ》を帯びてくる。

熟成は自然に行っても最低一か月から四十八か月は必要だから、その分錬金熟成でやっても時間がかかる。暇を見つけては、チーズの上に手のひらを添えて魔力で熟成を促し、布で撫でてあげることを続けていると……。

黄色味がかった固くて丸い（陶器の形）チーズの出来上がり！

「ミィナ～！　マーカス～！　新しいチーズが出来たわ！」

「「は～い！　今行きます！」」

元気な返事が聞こえてきて、ミィナとマーカスがそれぞれの持ち場から実験室へやってきた。

みんなが揃《そろ》ったので、ナイフで出来たてセミハードチーズをカットする。そして小指の先端くらいの大きさに切ったチーズを皿に載せる。

「「美味しい！」」

外の表皮の部分は硬すぎて食べられないけれど、そこを取り除いて口に含むと、塩味とナッツのようなコクが口の中に広がり、ねっとりと舌の上で溶ける。

「舌の上で溶けるということは、料理で加熱したら溶けるはず……！　これ、今日のお夕飯に使いましょう！」

ミィナの感性になにか響くものがあったようだ。

◆

その日の夜、私とマーカスは、メイン料理を一口食べて大興奮した。

チーズを棒切れサイズに切り、薄く切った鶏胸肉でくるりと巻いて、さらにハムを巻いた物を揚げたオリジナルのフライだったのだ！

「アッツアツの出来たてでどうぞ！　チーズがとろけて出てきますよ！」

ミィナが出来たての熱々の物を用意してくれていた。

「うわ、中のチーズがとろけてる！」

マーカスがとろっとろのチーズに夢中になっている。

「ハムを足したのは正解ね、ミィナ。もう、このまんまで美味しいわ！」

そう言って絶賛して、みんなではふはふしながら新作を楽しんだのだった。

ところ変わって、ここは緑の精霊の住む領域。

明るい陽光に照らされる、若葉が萌《も》える常春の世界だ。一面が緑の中、妖精達が気ままに空を舞い、精霊が木々と対話している。

そこで、緑の精霊王が、柔らかい若葉の上に腰を下ろし、少し深さのある皿の上、そこに水を満たし、蓮《はす》の花が一輪浮かぶ水鏡を通して、美味しそうにアツアツのチーズフライを食べている、デイジーの笑顔を見守っていた。

子供達が仲良く美味しそうに食事を楽しんでいる姿は心が和む。

「うん、今日も元気そうだ。美味しい物を食べて幸せそうだね」

そう呟《つぶや》いている緑の精霊王の元へ、土の精霊王がやってきた。

「おいおい、また見ているのか。ほんっとお前は自分の愛し子《いとご》が好きだなあ」

水鏡の傍《かたわ》らに侍《はべ》る緑の精霊王の反対側に位置取った土の精霊王は、腰を曲げて水鏡を覗く。

「おーおー、美味しそうに食べているねえ。ま、あんな笑顔が見られるんじゃや、覗《のぞ》きたくもなるか」

初めは呆《あき》れていた土の精霊王も、一緒になって覗いている。愛らしい子供達の姿に、その口元には穏やかな笑みが浮かんでいた。

……精霊界も、平和である。

第九章　素材採取に行こう！

太ったわ……。

なんて言うか、お腹《なか》のおへその下辺りがプクッとしているのよね。

「デイジー様、ちょっとふっくらされました？」

ミィナが遠慮がちに聞いてくる。

「ミィナも少しこう、ほっぺたがプリッとしてきたわよね」

私も負けじとミィナに指摘する。つんつんと指でほっぺたをつつく。

「私はあんまり変わりませんけどねえ？」

お使い担当のマーカスは、お使いも仕事だという運動量の差のせいか、あまり体型が変わっていない。

「最近、新作開発しては、試食ばかりしていましたからね。食べ過ぎですね」

そう言って、私とミィナを交互に見比べるマーカス。

「『デリカシーがないわ！』」

マーカスはばっちんと私達に両頰《ほお》を叩《たた》かれたのだった。

そんな時、マルクとレティアがリィンを伴ってやってきた。リィンの傍らには、彼女の聖獣の子ライオン姿のレオンがいる。

レオンはリーフのそばに走ってきて、鼻先を近づけて挨拶を始めた。

「久しぶり、デイジー！　あれ？　少し太った？」

出会い頭にそんなことを言うマルクも、ジャンプした私にパチンとされるのだった。

「女性との出会い頭に、それはないだろ！」

頬を押さえているマルクにリィンが呆《あき》れ顔《がお》よ。レティアもその横で頷《うなず》いているわ。当然よね！

「酷《ひど》いなぁ。せっかく素材採取に行く余裕が出来たから、誘いに来たのに」

マルクは口を尖《とが》らせる。


……素材採取！


「行きたいわ！　賢者のハーブと癒《いや》しの苔《こけ》を取りに行きたい！」

私は、冒険に行けるワクワク感で、両方の拳を握って身を乗り出して答えた。

「あ、前にそれ欲しいって言ってたね。どこにあるかわかった？」

リィンが尋ねてくる。

そう、前にマルク、レティア、リィンで話していた時に欲しいと言った素材。上級マナポーションの素材よ！

あのあと、王妃殿下から頂いた『素材図鑑』で、生えている場所を調べておいたのよね。

「『賢者の塔』の周辺と、『苔むす癒しの洞窟』の中にそれぞれ生えているらしいの」

うんうん、とレティアは頷きながら地図を広げる。

「そうすると、まず『賢者の塔』がある北西の山岳地帯に寄って、そこから東に山沿いに行けば洞窟にも寄れるな」

そう言いながら、私に地図が見えやすいように少しかがんで、地図を指でなぞりながら道筋を教えてくれた。

「山岳地帯沿いに行くなら、いい鉱石もついでに採れるといいなあ」

そう言ってリィンも一緒に来る気満々。

「じゃあ四人で行くとして、デイジーの装備はあるのかい？」

「八歳の時に誂《あつら》えた魔術師用のローブがあるわ。大きめに作ったからまだ着られるはずよ。それに乗馬用の薄手のパンツを穿けば、リーフに乗っていけるわ」

私がそう言うと、レオンと挨拶をしていたリーフが私の元にやってきて、ぽふんと音を立てて大きなフェンリルの姿になった。リィンの横でも、レオンが、たてがみの立派な大人の雄ライオンの姿に戻っていた。

「じゃあ、俺達二人とリィンは、いつもの素材採取用の装備があるから揃って行けるな。明日にでも出られるかい？」

マルクに聞かれて、私はミィナとマーカスが立っている方を振り返る。

「「店番は任せてください！」」

「ありがとう！　不在にする間、よろしくね！」

そういう訳で、実家を出て以来、ずっと待ちに待っていた素材採取に行くことになったのだ。
やった――！

そして次の日。

私はかつて誂えたローブに乗馬用の薄いズボン、そして、ポシェットを肩から提げている。このポシェットは、空間魔導師さんと付与魔法師さんにお願いして、空間魔法と時間停止の魔法を付与して見た目以上にたくさん入るようにしてもらってある。しかも中身の重さを一切感じないように特殊加工されている、私の自慢の逸品なのだ！　だからポーション瓶もいっぱい入れてきたわ！

やがて集合時間になって、みんなが集まってくる。レティアとマルクは馬に乗って、私とリィンはそれぞれの聖獣に乗っている。聖獣達は、どちらも騎乗具をつけて乗りやすくしてある。

集合場所は私のアトリエ前。私のアトリエは、王都の北西門のすぐ近く、そこから街を出ればいいからという理由だ。

と、そこで驚いたのはリィンの格好だった。

冒険者のマルクとレティアの格好は、いつもの装備で見慣れているのだが、リィンは皮鎧《よろい》に、なんと背中に巨大なハンマーを背負っていたのだ。

「えっと、リィン。それがあなたの武器なの？」

……いや、その私と同じくらいの小柄な体でそれ使えるの？

「ドワーフだからね！　力には自信あるよ！　ドワーフは重戦士の血筋でもあるからな！」

そう言って、片手（！）を背中に回すと、背中のハンマーをひょいっと引き抜いて、ぶんっと振り回した！

「なっ？」

リィンは片目をつむってウインクする。


……なって言われても……。

ドワーフの血って凄い。どういう体の構造をしているのだろう？


「ミィナ、マーカス、行ってきます！」

「「行ってらっしゃいませ！」」

アトリエをあとにする私達を、マーカス達が見送ってくれる。

そうして、門でマルクとレティアは、冒険者ギルド証、私とリィンは商業ギルドのギルド員証を身分証として手続きして、王都の門を出たのだった。


「うわぁぁぁ――！」

門を出ると、辺りは街道があるだけで広々とした緑の草原が広がり、空には雲一つない青空。時折、爽やかな風が、足元の草むらを凪《な》いでいく。

門の外に出るのは、お父様達と素材採取して以来だから二年ぶりだわ！

私はその開放感に両腕を天に伸ばす。

「デイジー様、危ないですから、ちゃんと手綱は握ってください」

はしゃぎすぎて、早速リーフに叱られちゃった。

「そうそう、こっから走らせるから、ちゃんと手綱握れよ」

そして私達は、北西に立っているという『賢者の塔』を目指すのだった。


私達の国は、王都が国土の北寄りの中央にあり、その北部には高い岩山が聳《そび》えている。その頂は通年雪で白くなっているほど高い。

その山々は様々な鉱物資源を与えてくれて、我が国の経済を支えている。例えば、以前、新しい白粉《おしろい》を開発した時の絹雲母や亜鉛もその恵みのうちに入る。

そして山の麓には手付かずの森が茂っている箇所が多数あり、魔獣達の住処《すみか》となっているのだ。

私達は、そんな高く聳え立つ山々と森を背景にしながら、王都の北西門を出て街道沿いに馬や聖獣を走らせていた。

私達の目指す北西方向には、森の木々に隠れて『賢者の塔』のはるかに高い頂上部だけが覗いている。

あそこが最初の目的地だ。

「暫く街道沿いに行くけど、森の近くを通る時は森から魔獣が出てくる確率も高いから注意ね」

重戦士のマルクが先頭を切って馬を走らせながら、今回の行程の注意点を説明していく。

「……っと、言ってるそばから！」

ちょうど森の中を街道が突っきる形になっている箇所で、両脇の草むらからガサガサと音がして、狼《おおかみ》に似た姿の獣の群れが姿を現した。私達は、足を止めて警戒態勢に入る。

「ダイアウルフ。そこまで強くないけど、群れるから注意ね、行くぞ！」

「氷の嵐《アイスストーム》！」

私が初撃で氷魔法での足止めを狙う。そう、以前お父様に教わったとおりにね！

すると、群れの半数の足が凍り、動けなくなった。

「よし、ナイスアシスト！　レティア、リィン、行くぞ！」

マルクの言葉に従って、三人は足止めされていないウルフ達から処理に向かう。

マルクの得物はハルバード。『槍斧《やりおの》』とも呼ばれる重戦士用の武器で、先端が槍のように細く尖っている。そして、左右の片方に大きな斧頭、その反対にピックと呼ばれる鋭利な突起がついている。

マルクはその形状を器用に使い分けて、馬に乗ったままウルフの首を掻《か》いたり、斧頭で首を叩き折ったりしていく。

レティアの得物は以前王都の戦いで見た西洋剣から『カタナ』という珍しい剣に変えたようだ。『古《いにしえ》の勇者』が鍛冶師に伝えたと言われ、鋭利な刃《ヤイバ》を持ち、先端の切先で突くことも出来る、古い武器だ。

彼女は馬をニーグリップで器用に操りながら、ウルフの攻撃を躱《かわ》して、綺麗《きれい》に致命傷になる箇所や、脚などの行動を抑制する位置をその鋭利な刃《ヤイバ》で凪いでいく。

凄《すご》いのはリィン。レオンの上から片手で巨大なハンマーを振り回しては、ウルフの頭にそれをガツンと当てて、脳震盪《のうしんとう》で倒れたところを、両手に持ち替えて上からドスン！　うわ、頭がぺちゃんこ！　致命傷を負った敵の姿は、彼女が一番えぐいかも……。だって、ぺしゃんこになった頭の中身が……、ね。

私は、そんな前線で戦う三人を邪魔しないように、間を縫って魔法で攻撃する。

「風の刃《エアカッター》！」

私の手のひらから飛び出す真空の刃がウルフを襲い、首を切り裂き致命傷を与える。

子供の頃からの魔法の訓練と、魔力を使い切って寝るっていうトレーニングのおかげで、私にも身を守る術というのがしっかり身についている。

やがて、十頭ほどいた群れを殲滅《せんめつ》した。

ちなみに、私のステータスは、今はこんなふうに伸びている。

【デイジー・フォン・プレスラリア】
子爵家次女　　体力：１２０／１２０　　魔力：４５２０／４５２５　　職業：錬金術師
スキル：（鑑定（６／10）、緑魔法（ＭＡＸ））錬金術（６／10）、風魔法（６／10）、

水魔法（6／10）、土魔法（5／10）（隠蔽）
賞罰：なし
ギフト：（緑の精霊王の愛し子《いとご》）なし
称号：（聖獣の主、）王室御用達《ごようたし》錬金術師、女性のお肌の救世主

私が編み出した訓練法のおかげとはいえ、総魔力量が半端ないわね。

そうそう、『緑魔法』っていうあまり馴染《なじ》みのないスキルが増えているけれど、これは多分緑の精霊王様の影響だと思う。前に使った『茨の鞭《ローズウイップ》』なんかがこれに当たるんだろうけれど、MAXと言われても、他の魔法はまだ覚えていない。

錬金術ばかりしていないでリーフに習うべきだったかしら？　MAXってことは、教えてもらってさえいれば、使用可能よね？

あと、鑑定のレベルも上がっていたみたいね。

『称号』っていうのが増えているけれど……。王室御用達になったつもりはないのだけれど、おかしいわね。あと、白粉の件からなんだろうけれど、お肌の救世主ってそもそも称号なの？


……と、私のステータスの話は置いといて。

レティアがその死骸を素材としてマジックバッグにしまい始めた時に、また『ガサリ』と葉が動く音がした。低く繁《しげ》る低木達の奥からこちらへ向かってくる影は大きい。

「血の匂いで来たか、この群れのボスが……」

さっきの群れで終わりと思っていたレティアは、いまいましげに舌打ちをする。

その大きな影が、草木を割って姿を現す。

額には一本の鋭利な白い角、むき出しになっている凶悪な一対の太い牙、他のダイアウルフよりふた周りも大きい体躯《たいく》は、フェンリルと見間違えるほど。ランランと輝く瞳は黄金色だ。ダイアウルフは、野生の獣であって魔獣ではないのだが……。

「ちっ。群れのボスが魔獣化したかな……。こんなとこにこんな奴《やつ》がいたら、鉱夫達の移動にも差し障る。排除するぞ！　リィンとデイジーは無理すんなよ！」

「『はい！』」

「氷の嵐《アイスストーム》！」

私はダイアウルフ達と同じように足止めを狙う。しかし、魔獣は私が氷結化しようとした領域が凍る寸前で、力強く後ろ脚で蹴って逃れ、足止めは出来なかった。

反撃とばかりに、先頭にいたマルクに後ろ脚で立ち上がった魔獣が鋭利な爪を振り下ろす。一撃はマルクがハルバードの柄で防いだが、もう片方の手が振り下ろされる……、とそのタイミングでレティアが間に割って入って、まさに振り下ろそうとしたその腕を切りつけて防いだ。

片手はマルクの柄が動きを抑え、もう片方の腕はレティアのカタナの刃《ヤイバ》で防ぐ。二本足で立ったままの魔獣の腹はがらんどうで無防備だ。

「いっただきー！」

そこに、リィンがハンマーの柄を両手で握りしめて走っていくと、ぶんっと魔獣の腹に勢いよくぶち当てる。魔獣はその勢いで後方に飛ばされて、背後に立っていた高木に背を打って、そのままメキメキと音を立てて折れていく木と共に仰向《あおむ》けに倒れ込む。

「せいっ！」

マルクが地を蹴って高く飛び上がると、ハルバードの斧頭を仰向けに倒れている魔獣の首に叩きつけた。『メキッ』と硬い物がきしんで壊れる嫌な音がして、魔獣は首の骨を折られて息絶えた。

「獣が腹見せるって、こいつアホ？」

リィンはこんな獣に遭ったというのに、飄々《ひょうひょう》としていて、さらに相手を阿呆《あほう》呼ばわりしている。


……強すぎるわ、この三人！


結局、イレギュラーな魔獣相手に戦力にならなかった私は、呆然《ぼうぜん》と三人を見つめるばかりだった。

魔獣化したダイアウルフ（？）も無事倒せて、レティアがぽいぽいと死骸をマジックバッグの中に入れていく。

「この亜種って売れるのかね？」

レティアは、珍しい素材の値段が気になるみたい。

「毛皮は立派だし、そもそも亜種で珍しいってことで、剥製《はくせい》とかにしたい貴族様もいるんじゃない？」

「そうか」

マルクが答えると、レティアは言葉少なだが満足気に笑みを浮かべる。

あれ、レティアの腕に切り傷がある。

「怪我《けが》してるわね、治すわね」

私はポシェットからポーション瓶を取り出した。

「いや、こんなのほっといて平気でしょ」

「ううん、ちょっと実験したいから付き合って欲しいのよね」

断るレティアを制止して、私はポーション瓶をあける。そして、上向きにした『私の』手のひらの上に蓋を開けたポーション瓶を傾ける。

「……は？　何勿体《もったい》ないことして……」

レティアの苦言が途中で止まる。

だって、こぼれるはずのポーションは、私の手のひらの上に球体を作って浮いているから。

「「「……」」」

三人とも唖然《あぜん》としている。

レティアから少し離れてっと……。私は、回復するべきレティアから距離をとる。

そして。

「行け、ポーション弾！」

レティアの腕の怪我目掛けて、ポーションの塊を投げつけた！

バシャッと腕の怪我に命中したポーションは、レティアの腕を綺麗《きれい》に治していた。

「「「はあぁ？」」」

「ポーション弾ってなんだよ、そんなの聞いたこともないぞ！」

今の一部始終を見ていたマルクが呆れた様子だ。

「ポーションと水魔法のコラボレーション。これなら戦闘中でも、治癒魔法みたいに遠くから治せるじゃない！　私も回復師みたいな形で役に立てるわ！」

私は、実験が上手《うま》くいったことに大満足で、エッヘンと胸を張る。

「護衛対象のはずの錬金術師がおかしい」

レティアがボソリと呟《つぶや》いた。

「それを言うなら、リィンでしょう⁉　前線で戦闘してる護衛対象がいるじゃない！」

私は軽々と片手でハンマーを担ぐリィンを指さす。

「アタシは、なんたってドワーフだからね！　これくらいの力、持ってて当然だ！」

「そっちがおかしいわ！」

「いやそっちだ」

言い合いする私達を、マルクとレティアが眺めている。

「なあマルク」

「ん？　どうしたレティア」

「これ、護衛任務って言うより、戦力増加してないか？」

「俺達Aランク冒険者に普通についてくる、凶悪ハンマー娘と、回復師なんだか魔術師なんだか錬金術師なんだかわからない後衛か……」

「いっそこの子達を冒険者登録させて、パーティー組んでもいいような……」

「……だなあ」

「いつかこのメンツでドラゴン倒したりしてな」

「んで、彼女達にその素材で、ドラゴンバスターと、ドラゴンスケイルメイルを作ってもらって」

「マルク、それは微妙に順番がおかしいぞ。ドラゴンを倒すのに、ドラゴンバスターがいるんだ」

「そうだったな」

「……まあ、あれを収めて、そろそろ出発するか」

そう言って二人は頷き合って、言い争いをする私達の仲裁に入るのだった。


そして、言い合いも終わった私達はまた馬と聖獣に乗って、街道沿いに走り始める。

先頭から、マルク、リィン、私、そして最後尾をレティアが護《まも》っている。

すると、私の前を走るリィンの肩に、なにか黄色いものがいるのが目に入った。

それは、一言で言ったら三角帽子《ぼうし》を被った黄色い小人のおじいちゃん。豊かなあごひげが立派ね。

それが、リィンの肩でリィンの耳に向かって何か内緒話をしている。

「……リィン、その黄色い人……」

「あ、見えた？　これ、土の妖精さん」

「「はあぁ？」」

前後にいる二人は当然そんなものは見えてないようで、あたりをキョロキョロしている。

「止まって。この先に洞窟があって、いいものが採れるらしいぞ」

リィンがそう言って、街道を外れて森の中に入った先を指さす。皆も馬や聖獣の足を止めて集まった。

「ちょっと寄り道したいんだけどいいかな」

リィンは、ダメと言っても一人で行きそうな雰囲気だ。なんだか、目が貪欲にギラギラしている感じ。

「ハイハイ。今回は素材採取の護衛だからね。俺達は行先に文句をつけずに護るだけだな」

「ああ、そうだな」

マルクとレティアが許可を出す。そして、ボソボソと二人で話し始めた。

「なあ、ところでレティア」

「なんだ？」

「妖精っているのか？」

「さぁな。まあ、規格外なお嬢ちゃん達が、揃《そろ》って『いる』って言うなら、いるんだろ」

「……そっか」

達観してしまった様子のレティアに比べ、苦労性のマルクは、なんだかおかしな少女達とかかわり合いになってしまったのかもしれない、そう思った。

森に入るにあたって、マルクとレティアは馬を降りて、手綱を引いて歩くことにしたようだ。先頭を行くマルクが、ハルバードを振り回して低木や草を薙《な》ぎ、道を作って歩いていく。私とリィンは、聖獣に乗ったまま進む。

当然森の中だから、それなりに魔獣は出てくるんだけれど、猪《いのしし》みたいなイービルボアとか、その上位種のデビルボアが出てきたくらいで、あまり大した戦闘にはならなかった。うん、彼ら相手だと戦力過剰なんだよね。私が氷魔法で足止めしたら、サクサクと前衛三人が首を狩って（うち、一名は頭を潰して）おしまいだった。

やがて、森が開けて、洞窟全体が氷に覆われた、氷柱《つらら》が天井から幾重にもぶら下がる洞窟が目の前に現れた。

それを前にして、リィンの肩の黄色い小人さんが、うんうんと頷《うなず》いている。

「うん、ここらしい」

洞窟の中にモンスターが潜んでいることもある。マルクが魔道具のカンテラをマジックバッグから取り出して、先頭に立って辺りを照らして警戒しながら慎重に先に進む。

警戒などしなくとも良い状況であれば、カンテラの光があちこちにぶら下がる氷柱や壁面や天井、足元といった氷の壁に複雑に反射して辺りを明るくし、それは幻想的な光景に思えただろう。

幸いなことに、洞窟はただ一直線で、枝分かれのような、道に迷うような要素はなかった。

……ただし、その最奥には、巨大なアイスゴーレムがいたのだが。

ゴーレムとは、本来、土や岩、鉱物で出来た巨大な人形のような魔物だ。大抵の場合、その体のどこかに核となる魔石を持っていて、それを砕かないと何度も再生して倒せないと言う。しかし、ここにいるのは氷で出来たゴーレムの亜種だった。

えーっと、誰か火魔法使える人っていたっけ？　しかも床面も凍りついているから、アタッカーは踏ん張りが効くのかも怪しい。


……ねえ、リィン。洞窟にあるのは『いいもの』って言わなかったっけ？


その難敵、難況を前に私達は足を踏み出せずにいた。そして、まだ距離があるからか、アイスゴーレムも起動はしない。

そんな中、マルクが皆に問いかける。

「デイジー、火魔法は？」

「ごめんなさい、出来ないわ」

「リィン、鍛冶師って火を……」

「それとこれとは違う」

マルクが戦力を全部把握出来ていない私とリィンに、なにか打開策がないかを探って質問してくる。

……そう、私は四属性の中で火魔法だけはどうしても出来なかったのよね。

火魔法って、冒険者からすると、素材を焼いてダメにしてしまうし、森の中では使えないから、現場ではあまり役に立たないしいいかなって思っていたんだけれど……。まさか、こんな状況に出くわすなんて。

……火じゃなくてもいい、要は溶かせればいいのよね。でも、そんな方法あったかしら？

「私達は、ブーツをピック付きに替えるけど、そっちは動けるか？」

マルクとレティアは、こういう時用に専用のブーツを持っていてそちらに替えるらしい。

「私達は脚に鋭い爪を持っています。デイジー様とリィン様は、私達に騎乗していただいていれば動くのに問題はないかと」

リィンの聖獣であるレオンが答えた。その言葉にブーツを履き替え終えたマルクが頷く。

「……今なら引ける。あれは厄介だ。それでも行くってことでいいか？」

最後にマルクが全員に確認する。

リィンの肩の妖精さんが、アイスゴーレムを指さして頷いている。

「ここには、何かある。それを頂く！」

土の妖精さんの様子を確認すると、リィンがはっきりと返答した。すると、安心したかのように土の妖精さんは空気にとけるように姿を消した。

「あいつが亜種でもゴーレムだとしたら、潰すところは内部にある魔石だ。それを探し出して潰す。いいな！」

マルクが全員に最後の確認をとる。

全員無言で頷いた。

「石の楔《ロックパイル》！」

私が先制で、魔力を練り上げ、アイスゴーレムの足元の土に命じる。すると、氷の床を突き破って楔状《けつじよう》の太い岩が何本も生え、アイスゴーレムの体を粉々に破壊した。

……あれ？　もっと硬いいんじゃないの？

致命傷ではないにせよ、いともあっさり体を破壊出来たことに驚いた。

そして、その攻撃のおかげで、赤い血の色をした核は、人で言えば、その心臓がある部分に存在していることがわかった。

しかし、氷の欠片《かけら》となったアイスゴーレムを形成する氷達は、砕けた欠片は地に落ちずに宙に留《とど》まる。やがて、核の周りにその氷の欠片達が引き寄せられて、元のゴーレムの姿に戻った。

「胸の中央、心臓の部分、そこに核があるわ！」

「「「了解！」」」

……核の場所さえ解《わか》れば、あとは、そこを叩くだけ！

でも、私の魔法程度で、思ったよりあっさり体を破壊出来たことに、拍子抜けと言うよりは、なにか一抹の不安を感じた。

リィンが言う『いいもの』。それを、あんな魔物が守っているだけだということに、私は何か違和感を覚えたのだ。

「レオン！　あいつのとこに飛べ！」

「承知しました」

リィンを乗せたレオンが後ろ脚の太い爪を氷に引っ掛けて、力強く飛び出し、アイスゴーレムに肉薄する。リィンはハンマーを両手に持ち替え、渾身《こんしん》の一撃を振るうために構えをとる。そして、手で体を支えられない分、両の内腿《うちもも》に力を込めてレオンに体を固定する。

「まとめて潰し損ねたら、マルク、レティア、核は頼んだ！」

「「了解！」」

「うおぉぉおりゃあ！」

そして、リィンの渾身の一撃がアイスゴーレムの胸を襲う。胸は粉々に砕け散り、赤い魔石が宙を舞う。

「うっしゃ、貰《もら》ったぁ！」

マルクが駆けていって、ハルバードの斧《おの》頭を撃ち下ろして赤い魔石を粉々にした。

赤い魔石の欠片は、アイスゴーレムを構成していた氷の欠片と共に、パラパラと氷の床に舞い落ちた。

「「よっしゃ！」」

リィンとマルクが、腕をぶつけ合い、勝利を祝った。

勝利に酔う三人。

だが、リィンの肩に再び黄色い小人さんが現れて、慌てた様子で違う違うと首や手を振っている。

「……やっぱり終わりじゃ、ないの？」

他の三人とは距離をとって佇《たたず》んでいる私は、遠くに見える黄色い小人さんの慌てた様子を観察していた。

そして、その答えはその直後にやってきた。

氷の洞窟の内部が地響きをあげて、まるで巨大な地震にでも見舞われたかのように、大きく震え始めたのだ。

そして、その揺れによって、天井から無数にぶら下がる氷柱の一部が折れて宙に浮いて留まり、その鋭利な先端を私達四人に向ける。

黄色い小人さんは慌てて姿を消した。

「……ちっ、そういうことか！」

レティアが舌打ちする。

そう、私達は勘違いしていたのだ。

「ゴーレムは一体じゃない。この洞窟自体も、ゴーレムだ」

私の予感は的中した。

「そして、恐らくはこっちが本命……！」

そんなレティアの言葉に、私は混乱する。ゴーレムとは、体のどこかに魔石という核を持ち、それを破壊しなければ倒すことは出来ない。

「……この広い洞窟のどこに核があるって言うの……？」

ビュン！　と音を立てて、氷柱が私達四人を一斉に襲った。

マルクはハルバードでたたき落とし、レティアはその身軽な動きで横に逸《そ》れて攻撃から逃れる。

そして、私とリィンの前には『精霊王の守護の指輪』のおかげで物理障壁が展開されて、氷は目の前でその壁によって破壊されたため、無事だった。

……一撃目は、全員無傷。

そして、再び天井辺りでピシピシと氷柱が折れる音がする。氷の洞窟に擬態したゴーレムが、二撃目の準備をする。次は、一人一本ずつではない。そして、逃しはしないという洞窟の意志かのように、入口側の氷柱も折れて宙に浮き、私達の退路を塞ぐ。

私達は氷柱に全方向から囲まれていた。しかも、折れた分の氷柱は、また新たに再生するのだ。この状況を打破したとしても、天井からぶら下がる氷柱は数え切れぬほどあり、さらに再生するときている。この洞窟内のどこに核があるのかもわからず、キリがない。

打開策を見つけないと、こちらの消耗戦だ。

「さて、逃す気もないようだし、どうすっかね……」

苦笑いをうかべ、寒いはずなのにひとしずくの冷や汗を額から垂らして呟くマルク。

前衛の三人が固まって一体目のゴーレムがいたところに集まり、私は一人出口寄りにいた。

そして一斉にそれは降ってきた！

私とリィンには、物理障壁が三百六十度展開され、襲い来る全ての氷柱を破壊する。しかし、この指輪を持たないマルクとレティアには、無数の氷の楔が、その身を貫かんと襲いかかってきた。

マルクはハルバードを槍《やり》に見立てて回転させ、降りかかる氷柱を弾く。

だが、レティアはカタナだ。カタナの鞘《さや》で叩《たた》き割《わ》り、かなりの数の氷柱は弾いたが、一本の氷柱がレティアの左肩を刺し貫いた。彼女は片膝をついて蹲《うずくま》る。

「デイジー！」

マルクがレティアの元に駆けつけて、レティアの肩を貫いた太い氷柱を抜きながら、離れた場所にいる私に向かって叫んだ。

「……っ！」

肩から氷柱を引き抜かれたレティアが、その痛みと衝撃に呻《うめ》き声《ごえ》を上げる。多分肩の骨まで損傷していそうだった。

ちょっと距離があるから、あれで行くわ！

私はハイポーションの瓶を取り出して蓋を開ける。中身を出して……！

「行け、ポーション弾！」

私が投げた球体状のハイポーションは、レティアに命中し、骨と肉を元通りに再生した。

「助かった、デイジー」

レティアが、マルクの助けを借りて立ち上がりながら、私に礼を言う。

みんなが無事で、ほっとする。

でも、根本的に、この状況をなんとかしないと……！


その時、かつて実家にいた頃魔法を教えてくれたユリア先生の言葉が脳裏に浮かんだ。

『魔法の練習で魔力を上手にコントロールする術を身につければ、錬金術にもきっと役に立つはず』

そして次に、アナさんが教えてくれた言葉を思い出した。

『水は、温度が低いと氷になって固まり、温かくなると溶けて水になり、火で加熱すると蒸発する。金属だって同じだ。熱すれば溶けて、もっと熱すれば蒸気になるんだ。ただし、水と違ってその温度はとても高いから、「魔力」を使ってやるんだよ』


そうだ、魔法も錬金術も同じ『魔術』！

そして、錬金術では『魔力』で熱を産み出せる！

そうよ、『火魔法』に替わる力を、私は持っているじゃない！


実は、錬金釜は魔道具ではない。

錬金釜を用いて金属を溶かすのは、錬金釜を媒介にして熱を産むのではない。あれは、特殊素材のただの釜。錬金術で金属を溶かすにあたって、かなりの高熱になるから、それに耐えられるように作られただけの物。

金属を溶かしているのは、『錬金魔法』なのだ。

だったら、この洞窟を、『大きな錬金釜』に見立てて、固体である『氷』を溶かせばいいんじゃないのかしら？　『錬金魔法』で。

何も、戦闘だからといって、錬金術を使っちゃいけないなんてルールはないはずだわ。それに、どこに核を隠してあろうとも、氷が溶けて水になってしまえば、姿を現すわよね？

私は、見えた勝機に、にんまりと笑った。しかも、この状況を打破するのは『錬金術』！

「氷よ、溶けて！」

火魔法が使えないからってなんだと言うの！　私には『錬金魔法』があるわ！

そうよ！　これは大きな錬金釜。そして中に入っているのは氷。


金属を溶かした時のあの感じを思い出して……！


洞窟全体に魔力を満たす。洞窟は広い。洞窟全体に行き渡らせるために、魔力が溜《た》まっているという下腹から、ごっそりと根こそぎ魔力を持っていかれる感覚がする。そして、じわり、じわりと錬金釜に見立てた洞窟の温度を上げていく。

無数の氷柱《つらら》の先端から、水滴がぽたぽた落ち始める。足元や壁もカチカチに凍っていたものの表面が溶けて緩んでくる。

洞窟に擬態しているゴーレムが、私を邪魔しようと、まだ残っている無数の氷柱に私を襲わせるけれど、『精霊王の守護の指輪』がある私には全く効果はない。

……ありがとうございます！　精霊王様！


「すっげえ……」

マルクが呟《つぶや》いた。レティア、リィンと共に、溶けていく氷を呆然《ぼうぜん》と眺めている。氷を溶かす高めの室温と、氷が溶けたことで充満する湿気で、みんな汗だくになっている。

やがて、氷が薄くなった床のその下に、中央に魔石を飾った魔法陣の姿が現れてきた。

「……これだな」

その魔法陣に気づいたレティアが、カタナの切っ先で魔石を突き刺す。魔石は粉々になった。

すると、私の魔力を介さずとも氷は自然に溶け出し、あっという間に水になって洞窟の外に流れ出ていった。

私達は、この急場をなんとか凌《しの》ぐことが出来たのだ。

「はぁ」

緊張感から解放されて、思わず、ため息がこぼれ出た。

「魔力がほとんど空っぽだわ」

私は、魔力をほぼ使い切ったことを全員に告げた。

「さすがに洞窟全体を加熱するなんてことやったんだもんな……。ここの『いいもの』貰ったら、休憩しよう。よくやってくれた、デイジー」

そう言って、マルクがそばにやってきて、わしゃわしゃと私の貢献を労《ねぎら》うように頭を撫でてくれた。

魔法陣の上に宝箱が一つ出現した。そこに私達は集まる。

だが、なぜか濡《ぬ》れた洞窟の中の、宝箱とは関係のない場所に、黄色い小人さんがたくさん現れていた。そして、小人さん達が見つめる洞窟奥の壁をリィンも一緒に見つめている。

「宝箱を開けるか……、ってリィンは何してるんだ？」

マルクが首を捻《ひね》る。おそらく彼からすると、リィンは一人で何もない洞窟の奥を見つめているように見えるのだろう。

「鉱物抽出！」

リィンがそう言って洞窟の壁に指を指すと、黄色い小人さん達が一斉に両腕を掲げた。そして、洞窟の奥の壁が黄金色に輝き、キラキラと輝く粒子が壁一面から出てきて、宙を埋め尽くす。

「鉱物再結晶！」

リィンがそう叫ぶと、小人さん達が宙のある一点を一斉に指さす。すると、キラキラ輝く粒子はその一点に集まり、楕円形《だえんけい》の水色の宝石になって、リィンの手のひらに落ちた。たくさんいた小人さんはいなくなっていた。

リィンが私達の方に向き直り、その宝石を親指と人差し指で摘みながら、私達に見せる。

「氷属性を持った宝石ってとこかな」

「ちょっと見せて」

私は、リィンのそばに歩み寄って、覗《のぞ》き込むようにじっとその宝石を見つめた。

【神与の宝石（氷結）】
分類：鉱物・材料　　品質：良質～最高級　　レア：S
詳細：『氷結』の属性を持つ宝石。他属性のシリーズ素材と混合することで品質はさらに上がっていく。
気持ち：一人でもいいけど、ちょっと勿体《もったい》ないよ。

「これ、他にも違う属性の宝石があるみたいだわ。他属性も一緒にした方が、より効果が高くなるみたい」

「ん～じゃあ、何かに使うにしても、これと似た物を集めた方が良さそうだね。で、混ぜて品質が上がるってことは、多分デイジーの錬金で混合かな？」

そっかぁ、と呟くとリィンは「預かっといて」と言って、その宝石を私に渡した。

「じゃあ、揃うまで私のアトリエの保管庫で預かっておくわね」

私は受け取った宝石をひとまずポシェットの中にしまった。

「宝箱開けるぞ～」

マルクに呼ばれたので、二人で宝箱の方へ駆けていく。

「宝箱を開けるなんて初めて！　冒険って感じだわ！」

私はマルクの横にしゃがみこんで、ワクワクしながら開くのを待つ。

「そういうとこは、ちゃんと子供だな」

クスッと笑ったレティアに髪をクシャッとされた。

私は、子供扱いされたのが不満で、ぶーっと頬《ほお》をふくらませたけれど、気持ちはすぐに、『宝箱を開ける』という、この初めての瞬間のドキドキに移り変わる。

……中には何が入っているのかしら！

マルクの手によって、ギィッと音を立てて、宝箱はその中身を露《あらわ》にした。

中には、拳大の透明な石と、布袋が入っていた。

【永久凍土の石】
分類：鉱物・材料　　品質：高級品　　レア：A
詳細：『氷結』の属性を持つ石。『永遠なる氷結』属性を持つ。
気持ち：ひ・み・つ！

……『ひみつ』って何かしら？　びっくりだわ。

そして、こちらは袋の中身。

【すばやさの種】
分類：種子類　　品質：良質　　レア：B
詳細：そのまま食べると一定時間すばやさが向上する。種なので当然発芽もする。
気持ち：そのまま食べちゃうのと、育てて増やすのとどっちがいいと思う？　そうそう、ポーションにも出来るんだよね。

……うん、なんか今日は鑑定さんが意地悪じゃないかしら？


結局『永久凍土の石』は誰も使い道がわからないので、私預かりになった。まあ、明らかにそのまま使えそうな素材じゃないし……。

そして、『すばやさの種』は、種を育ててみたいと言った私が数個発芽しそうな物を貰《もら》って、残りは前衛三人で分配した。

ちなみに、『すばやさの種』という物は、ナッツのような感じで、食べると一定時間すばやさが上がるという代物なんだって。さっきの洞窟のように、宝箱に時々入っていて、冒険者としては、入手出来たら嬉しいアイテムらしい。

似たような物に、『力の種』『知力の種』『護りの種』なんかがあるらしくて、それぞれ力と知力（魔法の威力）、防御力が上がるのだそうだ。入手出来る確率はそう高くないらしく、冒険者達は、ここぞ、という時にだけ使うらしい。

「普通、これ栽培する人なんていないんだけどな。っていうか、栽培が難しいのかもな？　でも、もし栽培に成功したら大騒ぎだぞ。結構レア物のドロップアイテムが、店で買えるようになるなんて革命だ」

マルクやレティアは、私がこれらの種の栽培に成功することを期待しているらしい。

……うん、そんなにみんなが欲しがる物なら、緑の精霊さんと相談して育ててみようかしら。

私達は、先の洞窟を出て、マルクの作った道を通って森から街道に戻り、街道の反対側に広がる、やわらかい下草が生える草むらで休憩をとることに決めた。

思ったより洞窟内で時間を食っていたようで、既に陽《ひ》の光はオレンジ色になっている。

マルクとレティアは、マジックバッグから取り出したテント二張りや、簡単な調理器具とかの野営道具をテキパキと設置している。さすがにAランクになれるくらいだから、回数をこなしているのだろう、手際は良く、私とリィンが手を出す必要はなかった。

私は、さっきの洞窟に擬態したアイスゴーレムを溶かすのに根こそぎ魔力を持っていかれていて、とてもだるかったので、三人に断ってから、大きなままのリーフにもたれ掛かり、親犬に包まれる子犬のような格好で休んでいる。

少し離れた場所では、リィンが、子ライオン姿になったレオンを『ネコジャラシ草』でじゃらして遊んでいる。

……レオン、聖獣なのにそれでいいの？

「それにしても、『錬金術』を戦術に応用しようという発想はなかなかない。あれは助かったな」

そう言いながら、レティアがナイフを使って、森に入る時に狩ったイービルボアの肉を捌《さば》いている。その横では、既に火が起こされ、この場所に来る前に集めたキノコや根菜などが、火の上に引っ掛けられた鍋の中で踊っている。

「私、どうしても火魔法の才能はなくて。でも、錬金術で金属を溶かすっていうのはやっているから、あの状況なら使えると思ったのよね……。ふわぁ。でも、錬金釜と洞窟じゃ、大きさが違いすぎて、魔力をほとんど使い切っちゃったわ」

疲れとリーフの温《ぬく》もりに、私は思わず欠伸《あくび》を漏らしながら答えた。

「デイジーの機転がなかったら、アイテムは入手出来ずに、かろうじて撤退出来れば上々って状況だったんだもんな。頑張ったデイジーは、気にせず寝てろ。そもそもあんたはまだ子供なんだから、無理しないでいいんだ」

そう言って、レオンをじゃらす手を止めてやってきたリィンが、私の頭をくしゃくしゃとする。

その手のひらの中で、こくんと頷くと、私はあっという間に寝息をたて始めた。

『子供なんだから』という言葉にムキになる気力すら残ってはいなかった。


「んっ……」

私が、肉が焼ける香ばしい匂いに目を覚ますと、既に辺りは真っ暗で、明かりといえば、私達の野営のために起こした焚《た》き火《び》くらいだった。

空を見上げると、一面の星明かり。今日は月のない夜のようだ。

「うわぁ凄《すご》い！　こんな夜空見たことないわ！」

王都だと、安全のために魔道具式の街灯が街中を照らしているから、地上の明かりが邪魔をして、ここまでの夜空を見ることは叶わないのだ。

いつも深い紺色に見える夜空は、漆黒。そこに、数え切れないほどの大小様々な星が瞬いて、そして、川が流れているようにも見える、星々が密集している箇所があった。

「ああ、起きたか。ちょうど食事の準備も出来たところだ」

焚き火でじっくり焼いた肉を切り分けているレティアが声をかけてくれた。

「ねえレティア、あの空の川みたいになっているのはなあに？」

私は体を起こして、夜空を指さして尋ねた。

「あれは、『神々の涙の河』だね。昔、神々に寵愛《ちようあい》されていたとても美しい使徒が、罪を犯して堕天してしまったことを神々が嘆いて流した涙が河になった、なんて伝説があるよ」

「そうなんだぁ……」

夜空にもそんな物語があったなんて知らなかった。と、ポケッと空を見上げていると、肩を叩《たた》かれた。

「ほら、デイジーの分」

見ると、私の前に丈夫な葉の上に載せられたイービルボアのローストとフォーク、カップに入れられたスープが置いてあった。

「いただきます！」

フォークで刺してイービルボアのローストを一口食べる。焼き色の着いた表面は塩と胡椒《こしょう》がしっかり振ってあって、肉の臭みを消している。そして、じっくり焼いて中まで火が通っているけれど、しっとりとしたままの内部は、肉を噛《か》み締《し》める度に、ぎゅっとしまった赤身肉の肉汁が染み出してきて美味しい。

スープは、野菜とキノコの塩味であっさりした物だったけれど、体が温まった。

「さて、食べ終わったら明日に備えてデイジーとリィンは寝ろよ。見張りは俺達が交代でやるから安心して寝てろ」

そうマルクが言うと、そこにレオンが口を挟んだ。

「マルク殿、我々は従魔の中でも特殊な個体で、眠ることもありますが本来眠らずとも良いのです。見張りは、我々がやりましょう」

レオンの言葉にリーフも頷く。

結局その晩は、二匹に甘えてテントの中で、皆眠ることになった。私はリィンと。マルクとレティアは、慣れっこなのか一つのテントで、それぞれ寝ることにした。

第十章　エルフの里と世界樹

次の日の朝。

野営道具を片付けた私達は、再び街道を北西に進んでいた。

『シクシクシク。痛いよう。苦しいよう。誰か助けてよう』


……あれ？　誰か泣いてる？


ちょうど山側に深い森があって、その横を通りかかった時のことだった。

「ねえ、止まって。誰かの泣き声が聞こえるの」

私は、リーフに止まるよう指示をして、森の方向を指さした。

「森の奥に誰かいるのか？」

マルク達も馬の足を止めて立ち止まる。

「うーん、そんな気がする。呼ばれている気がするから行きたいんだけど、いいかしら」

と言っても、私は一人でも行く気なんだけれどね。

だって、誰かわからないけれど、痛くて苦しいなんて可哀想《かわいそう》じゃない。

「どうせ一人でも行く気だろ」

リィンに図星を指された。

……うっ。バレてるわ。

「じゃあ、さっきみたいに俺が藪漕《やぶこ》ぎしますか」

そう言ってマルクがハルバードを構えると、バチン！　と何かに弾かれて、マルクはハルバードを地面に落とした。

「えっ！　今のなんだ⁉」

マルクは自分の手を見てグーパーしながら首を捻《ひね》る。そしてしゃがみこんでハルバードを手に取った。

「彼らは木の妖精のエントよ！　刈るなんてとんでもないわ！」

そう言って現れたのは前に、うちのアトリエで「精霊になれた！」と喜んでいた女の子だった。

説明を忘れていたけれど、妖精と精霊さんで違うのはまず大きさだ。妖精さんが手のひらくらいの大きさだとすると、精霊さんは人間の赤ちゃんくらいの大きさがある。

そして、羽の枚数も違う。妖精さんは一対二枚なのに対して、精霊さんは左右二枚で計四枚の羽を持つのだ。

「あれ、精霊さん。私、こっちから呼ばれている気がして、どうしても森に入りたいんだけれど、彼らはあなた達のお友達のエントさんなの？」

私の言葉に、精霊さんは頷く。

「もう、そんな大切なことも知らないなんて！」

精霊さんがちょっとぷんぷんしていると、その横で、一番手前に生えていた木が、ミシリと音を立てて、私にお辞儀をした。その木は、まるで執事のセバスチャンが私達にお辞儀をする時のように、手（枝）を胸（？）に当てる。

……紳士だわ！

「ワタクシ、ここの森を構成しておりますエントの長《おさ》でございます。愛《いと》し子《ご》様におかれましては、ワタクシ共一族が行く手を遮り、大変申し訳ございません。今すぐ、皆の者に道を空けさせましょう」

「ありがとう、エントさん！」

私は、彼の手（枝）を掴んで礼を言うのだった。

そして、それを端から眺める、ごく普通の感性を持った二人は、再び小声で話し始める。

「なあ、レティア」

「なんだ？」

「エントとか精霊とか愛し子とか……、俺達、なんかおかしな事態に巻き込まれていないか？」

「そうだな。まぁ、そもそもリィンだって色々とおかしいじゃないか。今更じゃないか？」

「……そっか」

悟ったかのように達観するレティア。

マルクは、知らない世界に、なし崩し的に巻き込まれる予感しかせず、深くため息を吐いた。だがもう遅いのだ。彼らは『永久護衛』を、希少な指輪と引き換えに受けてしまったのだから。

そんなマルクの心配を他所に、私はごく普通にエントさんとお話しする。

「じゃあ、エントさんお願い。道を空けてちょうだい」

「畏《かしこ》まりました」

エントさんがまたミシリとお辞儀をすると、ざあっと音を立てて低木も大木も左右にずれて、道が出来ていく。

「ありがとう、エントさん！　リィン、マルク、レティア！　先へ進みましょう！」

私は、エントさんにお礼を言ってから、待っている三人に声をかけた。

……なんか、マルクだけ疲れた顔しているわ。どうしたのかしら？

ま、いっか！

私は気にしないでみんなで先に進む。足元は草むらがあるだけで邪魔する物もない状態だったので、馬と聖獣に乗ってそのまま進むことにした。

森の一番奥まで進んだけれど、誰もいなかった。そして、そこにはキラキラと光る魔法陣だけがあった。

「うーん、やっぱりこの先だと思うわ」

私は直感に導かれるままに、魔法陣に乗った。

「こら！　ちょっと待て！　危険かもしれないんだから先に行くな！」

マルクが慌てて制止をするがもう遅い。私の体は、魔法陣から立ち上がる光に包まれて転送される直前だ。うん、どこかに運ばれるような、そんな気がした。

「全員、デイジーを追いかけろ！」

結局、魔法陣の光は、私を含め四人全員と馬と聖獣を包み込んで、何処《どこ》かへと転移させたのだった。


目を開くと、私達は、一面、新緑の木々に囲まれた世界にいた。

天井の一箇所から差し込む光が、その世界を照らし、満たしている。

若々しい下草や、木々に絡みつく蔦《つた》が青々として美しい。そして、清らかな人幅程度の小川がキラキラと光を反射しながら流れ、その小川にはところどころに小さな橋がかけられている。

そして、中央にはその天井の光に向かって聳え立つ、一際巨大な木が一本立っている。

それはとても大きくて、てっぺんは天井よりもはるかに高く、雲にかかってどこまで伸びているのかわからないほどだ。

しかし、その大きな手のひらのような形の葉は、茶色く枯れたり、欠けて割れてしまっているのだ。

『シクシクシク。痛いよう。苦しいよう。誰か助けてよう』

……あの子だ！

「あの子よ！　あの子から泣き声がするの！」

私はその巨木を指さし、リーフを走らせようとする。

だが、私達は、怜悧《れいり》なよく通る声に、それを制止された。

「なぜ人間が我々の森を探し当てた！　ここをエルフの領域と知っての狼藉《ろうぜき》か！」

その声の主は、腰まである淡い金の真《ま》っ直《す》ぐな長い髪を、銀の額飾りで押さえ、後ろで一つに纏《まと》めている。美しい顔立ちに瞳は鋭くエメラルド色。そして特徴的な長い耳。そして、彼は私に向かって弓に矢をつがえていた。

そして、辺りの木々を見回すと、彼一人ではなく、大勢のエルフが矢を我々に向けている。

私達は、大勢のエルフにまさに今、射抜かれんとしていた。

マルクとレティア、リィンはいつ戦闘になってもいいように構えをとる。

両者の間に、緊迫する無音の時が過ぎていく。

だが、その沈黙を破ったのはリーフの声だった。

「緑の精霊王の庇護《ひご》を受けるエルフの身でありながら、御方《おんかた》の愛し子であらせられるデイジー様に矢を向けるとは何事だ！」

すると、エルフ達は顔を見合わせてざわついた。

「従魔……!?　いや、違う。彼は聖獣。額に飾られた緑の石がその証《あかし》……」

「では精霊王様の……？」

「じゃあ、その聖獣殿の上にいらっしゃるのは愛し子様……⁉」

ざっと音を立てて一斉にエルフ達が弓をおろし、片膝を突いて頭を垂れる。

そして、最初に私達に警告を発した彼が、謝罪の言葉を述べた。

「気づかなかったとはいえ、我らが庇護をいただく、緑の精霊王様が寵愛なさる方に武器を向けたこと、誠に申し訳ございません‼」

そんなエルフ達を横目に、マルクが、もう何度目かわからないため息と共にぼやく。

「なあレティア」

「なんだマルク」

「エルフの里に迷い込むってのがまず普通じゃない。普通人はエルフの領域に入れない。その上、彼らに一斉に頭を垂れられているってどういう状況だ？」

「今のこの状態だろうな。理由はよくわからんが、いいんじゃないか？　あの数とやり合うのは本意じゃないだろう？」

「……まぁ、そうだな。それにしても、デイジーはなんで秘匿されたエルフの里の場所をあっさり見つけるんだろうな」

「……なあ、マルク。もう、『デイジーだから』でいいんじゃないか？」

「そっか」

リーフに「庇護ってどういうこと？」って聞いたところ、私達の世界では、エルフというものは、緑の精霊王様が与えた秘密の場所に里を作って住んでいるのだそうだ。そして、その場所というのは、この世界のどこにあるのかということも明確ではないらしい。

ただし、利便上、今回の転送用の魔法陣のように、人の世界と里が繋《つな》がる地点はあるそうだ。

彼らは総じて特徴的な尖《とが》った耳と美しい容姿、そして長い寿命を持つらしい。でも、その美しさと数の少なさによる貴重さから、彼らが安易に人里を訪れれば、たちまち欲を持った人によって捕えられ愛玩用の奴隷とされてしまう。

だから、彼らは人里から離れた場所に隠された、魔法陣からしか行き来の出来ない、この緑の桃源郷で生活をしているのである。

そう考えると、私の求めに応じて魔法陣までの道を開いたエント達も、普段は悪《あ》しき者からあの魔法陣を護っている、エルフ達のための守り人だったのだろう。

「……うーん、そんなに謝らなくてもいいんじゃないのかしら。だって、私達が勝手にあなた達の住まいに入り込んだのは本当だわ。それに、愛し子かどうかなんて、あなた達が知らなくて当たり前でしょう？　初対面なんだもの。もう頭を上げて欲しいわ。誰も悪くないんだから」

私は、頭を下げたままのエルフ達を、宥《なだ》めることにした。

「でも、リーフが強く言ってくれたおかげでこの場は収まったわね。ありがとう」

そう言って、私はリーフの頭をクシャリと撫でた。リーフは、嬉《うれ》しそうに目を細めると、頭をずらして私の手をぺろりと舐《な》めた。

そうして、私の言葉を受けて頭を上げ始めたエルフ達。そして、その中の一人のエルフ、そう、最初に私達に警告した彼だ。彼が、器用に木々の枝の上を飛んで私の方へ近づいてきた。

「私はこのエルフの里の騎士隊長をしております、エルサリオンと申します。先程は大変失礼をいたしました。ところで、愛し子様におかれましては、なぜ我々の里に足をお運びいただいたのでしょうか？」

エルサリオンという名のエルフは、私の前に来ると、再び膝を突いて胸に手を当てて、仰ぎ見ながら私に問う。

だから、私は真っ直ぐに中央にある大木を指さして答えた。

「だって、あの子が苦しいって。助けてって私を呼んだんだもの」

「世界樹が……」

エルサリオンが呟《つぶや》いた。

「世界樹？」

「はい、世界を支える三本の世界樹の一つがあれです。愛し子様がご指摘のとおり、あれは病んで苦しんでおります。なるほど、それで世界樹自らが助けを求め、愛し子様を呼んだのか……」

彼は納得がいったようで、頷くと、すっくと立ち上がった。

「緑の精霊王の愛し子様、そして、お連れの皆様。我が主、我ら陽《ひ》のエルフ族の女王の元にご案内します。どうか、ご一緒に来ていただけませんか？」

「……いいかしら？」

私は、マルク、レティア、リィンの方を見て尋ねた。

「……イエス以外に今、選択の余地はないと思うが」

レティアがこの状況を見て取って返答する。結局他の二人もその言葉に頷き、エルサリオンの案内を受けることになった。

そうそう、女王様の元へ案内される道中、どうしても私ばかりが「愛し子様、愛し子様」と呼ばれるのが居心地悪くて、言ってみたのだ。

「ねえ、エルサリオン。あの子、リィンも土の精霊王様の愛し子だからね？」

「えっ！」

やはり気づいていなかったようで、エルサリオンはリィンにも必死に謝罪をしていた……。

意地悪したんじゃないわよ？

そんなやりとりをしながら、エルサリオンの案内によって、私達一行は白い石畳の道を歩いて奥へ奥へと進む。

すると、木々に視界を遮られていたのが、ぱぁっと開けて、その先に大きな湖とその中央の島に佇《たたず》む城が見えてきた。

「うわぁ、綺麗《きれい》！」

湖の透明度が限りなく高く、そよ風が吹くと、小さなさざ波が日の光を受けてキラキラときらめく。それはまるで宝石のようだ。そして、石畳の道から続くように石造りのアーチ橋がかかっていて、城への道を繋ぐ。

城は、白い粘土質の鉱物を練って作ったのだろうか。二階建てくらいの、そう高くない建物だ。そして、真っ白な城壁を蔦が無数に覆い、大小色様々なバラが咲き乱れている。

私達は、城の中央の入口に辿り着いた。

その真上である城の二階の中央、アーチ型に突き出したベランダには、とても美しい女性が腰を下ろしてハープを爪弾いていた。

彼女は横顔を私達に向けていた。淡い金の緩やかに流れる髪は長く、瞳は淡いラベンダー色。ふわふわな髪からはエルフ特有の尖った耳が覗いている。

白い肌に乗ったぽってりとした唇は、熟れたさくらんぼのように紅《あか》く艶《あで》やかだ。頬《ほお》は彼女の周りを飾るベビーピンクのバラの花びらのよう。頭には、銀で出来た頭を一周する薄く繊細な作りの王冠を被っている。

そして絹だろうか？　光沢のある透けるほどに薄い布を幾重にも重ねた緩やかなドレスは、その波打つドレープが美しい。そして、その緩いドレスを持ち上げる、母性を感じさせる豊かな胸。

「女王様」

エルサリオンが彼女に声をかける。

「……エルサリオン？　あら、お客様をお連れしたのね。まあ、可愛らしい愛《いと》し子《ご》様がお二人も……。皆様をここまでお招きしてちょうだい」

さくらんぼのような唇がゆっくりと動いて、私達は彼女に客人として招かれた。

私達はエルサリオンの案内で二階の彼女の元まで案内された。

女王様と呼ばれたその女性は、すでにハープを弾く手を止め、側仕えの女性エルフに客人をもてなす支度をするように指示をしていた。

アーチ型のベランダには、私達四人と、女王様、エルサリオンの席が設けてある。そして、リーフとレオンの分の飲み水も陶器の器に入れられ床に置かれていた。

「ささ、皆さん座って。エルサリオンも……愛し子様がいらっしゃるなんて何百年ぶりでしょう！」


……た、単位が違うわ。


勧められるままに席に着いて、側仕えの女性がカップに注いでくれた飲み物を口にする。それは優しい花の香りを感じさせるハーブティーだった。

……美味しいわ。

テラスからエルフの里の方を見ると、木々が生い茂りその中央に元気がない世界樹が真っ直ぐ天に向かって伸びている。そして、エルフ達の住処《すみか》なのだろうか、白壁の家々が私達の歩いてきた石畳沿いに連なっていた。

「世界樹に呼ばれるままに、里に迷い込んでしまいました。申し訳ありません……」

女王様に謝罪の言葉を述べると、女王様はふんわりと微笑む。

「だったらそれは必然。謝るべきことじゃないわ。機織の女神達が紡ぐ運命に描かれていたことなのよ」

女王様は、さも、神様の存在が当たり前のように語るのね……。私も信仰心がない訳じゃないけれど。

だから、ふと興味が湧いて尋ねてみた。

「エルフの女王様、神様って本当にいらっしゃるんですか？」

それを聞いて、女王様は驚いたとでも言うように、瞳をぱちぱちさせる。

「……それをあなたが言うの？　だって、精霊王も神々の一柱なのよ？　彼らにお会いしているんでしょう？　あなたも……、そしてあなたもね」

微笑《ほほえ》みながら女王様は私とリィンを交互に見やる。

「そうね、まず自己紹介をしたいわ。私は陽のエルフ……、三種族いるエルフの一種族の女王をしているアグラレスよ。で、彼は騎士隊長のエルサリオンね」

「私は、緑の精霊王様のご寵愛《ちょうあい》を頂いている、デイジー・フォン・プレスラリアと申します。錬金術師をしていて、その素材を探しにザルテンブルグの王都の外に出たら、ここに偶然迷い込みました」

「私は土の精霊王様のご寵愛を頂いている、リィンです。デイジーと同じくザルテンブルグの王都で鍛冶師をしています」

「私達は、彼女達の護衛をしている冒険者のマルクとレティアと申します。ただの人の身でエルフの里に足を踏み入れ、かつ、このようなご歓待、恐縮に存じます」

女王様は、各自の自己紹介を終えると、満足そうに笑みを浮かべる。

「そうね、マルクとレティア……、あなた達は、二人に巻き込まれてこんな遠い土地まで来てしまって、今は困惑しているでしょうけれど……。あなた達こそ彼女達を守るのに相応《ふさわ》しいわ」

にこり、とさくらんぼ色の唇が撓《しな》う。

「……そう、なのでしょうか？」

真面目な性格のマルクが首を捻った。やはりここは自分には場違い、そう思っているのだろうか。

「そうね。出会いというのは、運命の中でも大切な事柄なの。人が生まれ、様々な環境で育ち、人生における選択をして生きていく」

女王様は、私達にゆっくりと語りかけてくる。それはまるで物語の一節のようだ。

「そんな一人の運命は、やがて違う人の人生と交錯するわ。その出会いが、さらに人の人生という物語を壮大なものにしていくの。マルク、あなたはその生き方によって彼女達の運命に選ばれた。そして既に、あなたの人生はあなたの物語であり、デイジー様とリィン様の物語の一部でもあるのよ」

そう言って、女王様はカップに口をつける。

「そうね、例えばあそこに立っている世界樹。あの子を含め、世界に三本ある世界樹達は、枯れゆく滅びの運命を辿《たど》っていたわ。でも、あの子は自分でデイジー様を呼んだ。そして、デイジー様が彼を見つけ出したわ。この出会いによって、世界樹の滅びの運命が変わるかもしれないわ！」

ふふっと笑って、女王様が立ち上がる。それはそれは嬉《うれ》しそうに微笑んで、両手を天にかざしてくるりとドレスを翻しながら回った。

「三本ある世界樹達は、天に聳《そび》え神々の住まいを支えている。そして地に根を張って、人とエルフと魔族や様々な命が栄える地上と、地下奥深くにある冥界を支えているの」

女王様は、手を動かしながら、私達に、世界樹の役割と世界の構造を説明してくださる。

「彼らが枯れてしまえば、エルフの里が滅びるだけじゃないの。この世界全体が支えを失い、滅びてしまうという大変な事態なの。でも、この出会いによって、その滅びの運命が変わるわ！」

ちなみに、この世界の地上には、中央に人の住まう大きな島があり、海で隔てられながら中央の島を囲むように、三種族のエルフが住まう島三つと、魔族が住まう島が一つあるのだそうだ。

そんな、今まで知りもしなかった壮大な話に、私達来訪者の誰もが当惑顔だ。


……ちょっと待って。私の人生ってそんなに壮大な物語のようなものの一部だったの？

……それに、私は素材採取に来ただけ。なのに、世界が急に広がりすぎだわ！


私は、泣き声に導かれて、この地に辿《たど》り着《つ》いただけなのに、なんだか壮大な神話の世界に巻き込まれてしまった気分だ。しかも、私が世界の滅びの運命を変える？　そんなこと言われたら、普通、誰もが混乱するわよね？

突然のことに、私は酷く当惑してしまった。そして、女王様は、世界樹の運命が変わると喜んでいるけれど、私はまだ、あの子の救い方を知っている訳じゃない。

だから、私は素直にそれを女王様に打ち明けることにした。

「女王様。まだ私は実際にあの子……、世界樹を救えた訳ではありません。まだ、救い方も知らないのです。それを知るために、まずは、苦しんでいるあの子のそばに行ってみたいのですが」

「そうね、デイジー様の言うことはもっともだわ。みんなで世界樹の元へ行きましょうか」

そうして、城を出て、みんなで世界樹の元に行くことになった。

そして今、私は、皆と共に、世界樹の幹の前に立っている。

『痛いよう、苦しいよう』

世界樹はまだ泣いている。


……こんなに苦しんで、可哀想《かわいそう》だわ。


私は、世界樹のそばへと歩み寄り、両腕を広げてその幹に抱きついた。いや、大きすぎるから、私が貼り付いているように見えるのかしら。

「ねえ、世界樹さん。あなたはどこが苦しいのかしら？　私、あなたを助けてあげたいのよ」

私は、世界樹に向かって語りかけてみた。すると、頭の中に、あの声が返ってきた。

『僕の中に、僕を食べて悪い物を吐き出す奴《やつ》がいるんだ。かじられるのは痛いよう。変なものが体に回るのは苦しいよう』


……うーん、どこかに悪いものがいる……？

じーっと上から下までを眺めてみても、『それ』がどこにいるかはわからなかった。だから、世界樹の幹に抱きついたまま、目を閉じて『感じて』みることにした。

目を瞑《つぶ》ると、世界樹は特別な存在だからなのだろうか？　その存在は瞼《まぶた》を閉じてもぼんやり光り輝いて見えた。

そして、その真ん中の一箇所、私からも手が届きそうな高さに、黒い芋虫みたいなものがいるのが見えた。それは、神聖な世界樹の存在感に比べて、異質で禍々《まがまが》しく、そして黒くあまり良くないと感じる何かを少しずつ吐き出している。

「……これだわ……！」

私は、目を瞑ったまま木の幹の『その部分』に腕を伸ばした。『とぷん』と腕が水に浸《つ》かるような感触がして、私の腕はすんなりと世界樹の幹の中に埋まっていく。

黒いモヤのような、何かよくない感じの気を吐き出す芋虫は、正直、怖い。

……気持ち悪いけれど、世界樹さんのため。仕方がない。我慢よ……！

私は、覚悟を決めて、思い切ってその禍々しい芋虫のようなものを掴《つか》む。そして、それを掴んだまま、世界樹の幹から手を引き抜いた。

「これでいいのね、世界樹さん」

私は、手のひらを広げて、その上で蠢《うごめ》く黒い芋虫を世界樹さんに見せる。

『うん、痛いのが治まったよ！』

【邪虫】
分類：魔道生物　　品質：普通　　レア：S
詳細：邪法により作り変えられた芋虫。植物を食べ、汚染された魔素《マナ》を撒《ま》き散《ち》らす。
気持ち：おい、お前！　何邪魔してんだよ！　[redacted]様のご命令をこなせないだろ！

「きゃっ！」

鑑定で覗いた『気持ち』が悪意に満ちていて、それに驚いて私はその虫を地面に放り出してしまった。

「これは……。随分と禍々しい気を放っていますね」

エルサリオンが、地面に放り出された芋虫を、顔を顰めながら睨《にら》みつける。

「これは、『邪法で作り変えられた芋虫』だって……。この芋虫が、世界樹さんを齧《かじ》って、そして、悪い物を体に撒き散らしていたって……」

私は怖くなって、そのまま腰を抜かして、ぺたりと座り込んでしまった。そんな私を宥《なだ》めるように、リィンが私の背後にやって来てしゃがみこみ、私を抱きしめてくれる。

「そう。世界樹の異変は、何者かによる意図があっての現象だったのね」

「女王様、これは生かしておく必要がないのでしたら、私の持つ聖なるナイフ《ホーリーナイフ》で浄化しようと思いますが……」

顔をやや顰《しか》めて思案げに呟く女王様に、エルサリオンが進言した。

「やってしまって」

女王様は、もう見たくもないという感じで、芋虫に背を向けた。

その指示に従って、エルサリオンが芋虫に聖なるナイフ《ホーリーナイフ》を突き立てた。すると、眩《まばゆ》い光に包まれて悪《あ》しき気配は消え、芋虫はただの芋虫になって死んでしまった。

私は、リィンに手を借りて立ち上がる。

すると、女王様が私達一人一人を順にじっと観《み》る。

「……あなた達には、光属性、そして聖属性と火属性の使い手が足りていないようね」

「「「はい」」」

私達はその言葉に素直に頷《うなず》いた。

「エルサリオン、私の娘《アリエル》をここへ呼んでちょうだい」

「はっ」

そう言って、エルサリオンが立ち去ったあと、私達と女王様はその場に残された。

しばらくして、私達の元に、一人の少女がやって来た。

「お母様、アリエルまいりました」

そこに現れたのは、女王様を幼子にしたかのような女の子だった。見た目は私よりも幼い感じかしら。波を打つ淡い金の長い髪、ピンクのバラのような頬《ほお》と、さくらんぼのような、ぽってりとした唇、タレ目がちな淡いラベンダーの瞳。

母子で異なるのは、そのさくらんぼのような唇の与える印象だろうか。母親のそれは熟した果実を思わせるのに対し、娘のそれは未成熟な初々しさを感じさせる。

そして、そのエルフの少女は、柔らかく白い布で出来た半袖のゆったりとしたシャツに、同じ生地の膝上丈のバルーン型のパンツを穿いている。裾を絞っているリボンと、絞られてフリルのようになっている裾が可愛らしい。

そして、その上から皮の胸当てをつけて、手にはミスリルで出来た弓を持っていた。

「アリエル、私達の世界樹は、こちらにいらっしゃる、緑の精霊王の愛し子《いとご》であらせられるデイジー様に救っていただけました」

そう、女王様に言われて、彼女が私達の方に向き直る。

「デイジー様、私達の里を救っていただき感謝いたします」

ぺこりと頭を下げると、髪が背面から肩にかかる。

「デイジー様、あなたにこの子を預けましょう。だからという訳ではないのですが、残りの二つの里の世界樹も、同じように中に巣食う虫から解放してやって欲しいのです」

「お母様！　アリエルは外に出ても良いのですか！」

ラベンダーの瞳が大きく見開かれ、女王様の元に行くと、その少女は興奮気味にその腰にしがみつく。

「アリエル、あなたが以前から望んでいたとおり、外の世界へ行くことを認めましょう。ただし、デイジー様を始め、リィン様、マルク、レティアにきちんと従って、お役に立ってくるのですよ」

「やったぁ！　ありがとうございます、お母様！」

腰に抱きつくアリエルに、女王様は彼女の首に水晶のペンダントをかけてやる。

「月と星のエルフの二つの里の入口はまだわかっていません。これから、私が王同士で連絡をとって事態を説明し、デイジー様達が里へ入るための場所を確認します。確認が取れましたら、娘に預けた水晶を通してご連絡いたしますので、それまでは、娘のことはご自由にお使いください」

……うーん、私よりちっちゃいけれど、大丈夫かしら？

「私達は、普通に魔獣とも戦いますから、お嬢様に危険がないかどうか、念《ねん》のため能力を見せていただいてもよろしいですか？」

あんまり人を鑑定するのは好きではないけれど、ちょっと心配なのよね。

「どうぞ！　私は強いから心配ご無用だけれどね！」

そう言ってアリエルは胸を張る。

【アリエル】
陽《ひ》のエルフの王女

体力：400／400　　魔力：2520／2520
職業：なし
スキル：弓術（8／10）、光魔法（7／10）、火魔法（7／10）、聖魔法（7／10）、偽装
賞罰：なし
ギフト：弓の女神の加護
称号：高貴なる太陽の娘

……心配無用だわ。ただ、『エルフ』って部分は私の隠蔽スキルで干渉して隠そうかしら。

「ね、強いでしょう！　伊達《だて》に五十年もエルフの王女だった訳じゃないのよ！」

……しかも、このメンバーの誰よりも年上だったわ。

「そしてね、私はこんなことも出来るわ。偽装っていうスキルよ、見ててね！」

そう言ってアリエルが自分の耳を少しむにむにと弄《いじ》ると、尖《とが》っていた耳は人と同じ、丸い形に変わっていた。

◆

ところ変わってここは神々の住みたもう天上の神殿。三本の世界樹に支えられて天空に存在する、島のような場所だ。そこに、神々は白亜の神殿を建て、側仕えをする使徒達と共に生きていた。

その神々の島の中央に、一際大きく聳《そび》え立つ、父なる神、神々の中で最高位の創造神の神殿が建っている。その奥にある玉座に、その老人の姿を持つ神はゆったりと座っていた。

そこで、デイジーを通して世界樹の異変と、それが何者かによる作為であることを知った、緑の精霊王と土の精霊王が、彼らの父である創造神と対面していた。

「ほう、何者かが世界樹を枯れさせようとしているとな？」

白いゆったりとしたローブに、白い髪と豊かな顎鬚《あごひげ》。それを弄りながら、創造神は精霊王達に確かめた。

「はい、そのうち一本は私の愛し子の手によって、巣食ったものを取り出すことに成功しましたが、残り二本はまだ枯れゆこうとしております」

緑の精霊王が告げると、続けて、土の精霊王が話を進めた。

「ゆっくりとした変化ではありましょうが、一本でも枯れ果ててしまえば、天界の神の住む土地は崩れ落ち、人やエルフと魔族が住まう地上と、死人の住まう冥界との間にも穴が空いてしまうでしょう。我々神々は地上の子達への過剰な手出しは許されませんが、彼らになんらかの助力が必要かと」

創造神は、髭を触る手を止め、ふむ、と頷いた。

「……ならば、少し人の子の祝福を調整した方が良いかな。職業神を呼べ」

「はっ」

創造神の側仕えである使徒が、職業神を呼びにその場を去る。

職業神。その名のとおり、あの洗礼式で人々に職業を与える役を持つ神である。

「父上がお呼びとお聞きしまして、まいりました」

現れたのは銀色のストレートの髪に、理知的な青い瞳を持った職業神たる男神である。彼は、胸に手を当てて立礼をする。

そして、再び世界樹の異変についての相談が神々の間でなされた。

「……祝福の調整ですか。……そうですね。実は、洗礼式で『賢者』と『聖女』を与えた子がいたのですが、残念ながら、二人とも、慢心してしまいましてね。人の役に立とうという心根もありません。ですから、職を取り上げるために『転職』の啓示を下ろそうかと思っていたところです」

「ふむ、それで」

創造神が話の先を促すと、職業神は一度頷いてから、話を進める。

「ですが、善き心を持ち、努力を重ね、相応《ふさわ》しき力を持つに至った『魔導師』の子供がちょうど、件《くだん》の『愛し子』のそばにおります。彼と、彼女に『賢者』と『聖女』の転職の啓示を下しましょう。きっと、愛し子と共に、地上の子達の力になろうと励むことでしょう」

ニコリと笑ってそう提案する職業神の手の中には、手のひらサイズの水晶玉が握られている。そして、そこに映る『彼』と『彼女』は、デイジーのよく見知った人であった。

◆

世界樹を救って、にわかに陽のエルフ達は喜びで活気づいていた。さらに、次期女王である王女アリエルが社会勉強を兼ねて、世界樹を救いに行く、愛し子と共に旅をする！　と大騒ぎだ。

「今夜は祭りだ！」

エルフ達が騒いで走り回っている。祭りの準備のために、狩りに出かける男性達や、果物を採りに森へ行く女性達がいる。

そして、そんな中、私達は主役なので当然里に引き止められている。今日は、エルフのお城でお泊まりさせていただけるらしい。

「世界樹さんは、枯葉がやっと落ちて、若芽が芽吹き出したわね。でもまだ痛々しいわ」

散策ついでにやってきた大きく聳え立つ世界樹の麓で、まだ寒々しいその姿を見て、私は悲しくなった。そんな私の横にはリーフが寄り添ってくれている。

「そういえば、植物にポーションって効くのかしら？」

ふっと思いついて呟《つぶや》いてみる。すると、リーフがその呟きに応えてくれた。

「そうですね、デイジー様がお作りになった物に、さらにデイジー様の魔力を込めたら、効果があるかもしれないですね。世界樹も緑の聖霊王様の眷属《けんぞく》ですから」


……まあ、ダメ元でもやってみようかしら！

うーん。世界樹さんは大きいから、範囲魔法の方がいいわよね。

ポンッとハイポーションの瓶を三つほど開けた。まあ、高価な品と言っても、所詮私の畑にある材料で作った物だ。必要な場面では景気よく行こう！

そして、魔力で三本分の中身を複数の水球の形に整えて、さらに魔力を込める。

……ポーションは、まず球体で空へ。そして、上に着いたら限りなく細かい霧状になって。

私の手の内からポーション玉が上へ上へと登っていって、そして、霧状に変わる。

「癒しの霧雨《キュアミスト》！」

私が、合図の言葉を放つ。

すると、サアアア……、と微《かす》かな音を立てて、枯れた世界樹の枝や、幹を破って出てこようとする若芽達をポーションが濡《ぬ》らしていく。霧雨は上から注ぐ陽の光を受けて、世界樹を飾るように大きな虹を描く。

まるで、七色の冠を被ったみたい！

「うわぁ、綺麗《きれい》」

思わずこぼれ出た私の声以外にも、その光景に気づいたエルフ達が、感嘆のため息や、歓声を漏らす。

だが、それで終わらなかった。

急に若い緑色の芽が幹のあちこちから顔を出し、手のひらの形に開き、それがぐんぐんと大きくなる。虹を戴《いただ》く世界樹は、若葉でいっぱいになったのだ！

「なんて美しい世界樹の姿だ！」

「世界樹が蘇《よみがえ》っていく！」

「おお、あそこにいらっしゃるのは愛し子様！　あれは愛し子様の御業《みわざ》か！」

「「「愛し子様万歳！」」」

この事態は、あっという間に私が引き起こしたものとバレてしまい、エルフ達が私の周りに駆け寄ってきた。そして、感激で興奮している彼らに胴上げされてしまった！


……は、恥ずかしいわ！


そんなこんなで胴上げされていると、私のお腹《なか》の上に、一本の世界樹の枝がゆっくりと降ってきた。

『僕の子供を貴女の庭に植えて欲しいな』

世界樹からは、そんな声がした。

「じゃあ、一緒に私のお家に行こうね」

そう言って、エルフの皆さんに下ろしてもらってから、枝をポシェットの中にしまった。

その後、私は錬金術に使えそうな植物がないか、里の中を歩いて回った。

……癒し草、魔力草……、まあ、うちの畑にあるのと同じ物ばかりかしら？　って！

【エルフの真珠草】
分類：植物　　品質：高品質　　レア：A
詳細：鈴蘭《すずらん》に似ているが毒性はない。花のエキスを抽出した水は、上質な化粧水になる。
気持ち：お肌しっとり、良い香りのする化粧水になるよ！

うんうん、こういう物はお母様やお姉様、ミィナやカチュアも喜びそうね！　あとは……。

【エルフの癒し草】
分類：植物　　品質：高品質　　レア：B
詳細：製薬すれば、体力と魔力が同時に回復する（中程度）
気持ち：癒し草のペアといえば？

……魔力草！
そして見つけた、ペアの魔力草！

【エルフの魔力草】
分類：植物　　品質：高品質　　レア：B
詳細：製薬すれば、体力と魔力が同時に回復する（中程度）

気持ち：正解！

近くにいたエルフにお願いして、この三つの薬草を株分けしてもらった！


そして、夜。

里の広場の中央に大きな篝火《かがりび》が焚《た》かれ、エルフ達が音楽を奏でる。椅子に腰掛けたハープ奏者に胡座《あぐら》を組んだリュート奏者、そして、立ったままメロディに合わせて体を揺らすフルート奏者。その音色は美しい響きを奏であげる。三日月が空を飾り、星々は瞬き、まるで新たに蘇った世界樹を祝うよう。

新しい若葉達を得た世界樹は、そよ風を受けてサラサラと音を立てる。

エルフ達が一生懸命用意してくれたのは、中に詰め物をした丸鶏のローストや、丸ごと焼いたイノシシ肉。コケモモやベリー、ナッツ類など、森の恵みもたくさん供された。そして、大人には、蜂蜜酒《ミード》がグラスに注がれる。子供の私にはフルーツを搾ったジュースが代わりに提供された。

楽士エルフ達が音楽を奏でる中、歌い手達は世界樹に向けて復活の喜びの歌を捧《ささ》げる。

それは、とても、とても美しい夜だった。

第十一章　賢者の塔

私達は一晩エルフの里に泊まらせてもらって、翌朝、賢者の塔に向けて出発した。もちろんアリエルも一緒。

彼女が騎乗するのは、ティリオンという名の大きな鷲《わし》。私達の乗っている馬や聖獣の上を低空飛行して進む。

「ねえ、アリエルは、人間の世界での住まいとかは決まってないのよね？」

そう、私の王都のアトリエには、女子用の三階に一部屋余っているから、どうかと思っていたのだ。

「うーん、そうですねえ。木の上とかで寝てもいいんですけど……」

さくらんぼのような愛らしい唇に、人差し指を添え、その口からとんでもないことを言い出す。

「ちょっと待って！　それはダメ！　あなたみたいな可愛《かわい》い子がそんなところに夜いたら、不埒《ふらち》な輩《やから》が変なこと考え出すわ！」

「「「まあ、間違いなく返り討ちだろうけどな」」」

私が慌てて止めると、他の三人が揃《そろ》って怖いことを言う。

なぜそんなことを言い出すのかと言うと、さっき街道にイービルボアの上位種、デビルボア三頭が現れたのだが、彼女は一撃で三本の矢を射出し、デビルボア達の眉間を全て一撃で撃ち抜いて倒してしまったからだ。

アリエルの弓は特殊だ。

ミスリルという、銀の輝きを持つが曇ることはなく、鋼のような強さを持つ金属から出来ている。

そして、彼女の弓には物理的な矢は必要ない。一種の魔道具のような作りなのか、魔力が矢となるのだ。特に意識しなければ、ただの矢として機能するが、属性を意識すると、彼女の持っている聖属性や光属性、火属性の矢を生み出すことも出来る。

「ザルテンブルグの王都に戻ったら、私のアトリエに一部屋空きがあるんだけれど、そこで私と従業員の子達と一緒に住むって言うのはどうかしら?」

「……アトリエ? 従業員? デイジー様は、なにか商いをなさっているのですか?」

鷲の背に揺られながら、アリエルは首を傾げた。


……うーん、錬金術はともかく、パン工房の方は、実物がないと想像つかないよね。


私は、マジックバッグ仕様になっているポシェットから、ミィナが持たせてくれたパンを一個取り出した。ちなみにポシェットの中は時間経過が止まっているから、いつ取り出しても出来たて状態よ!（これどうしても不思議なのよね……）

「私のアトリエは錬金工房と、パン工房を併設しているのよ。はい、パンをどうぞ」

と言って、パンを持った手を上に伸ばす。すると、上を飛んでいたティリオンが高度を下げてきて、アリエルがパンを受け取る。ミィナ特製コーンパンだ。中にいっぱいマヨネーズと絡めたコーンが詰まっている。

「パンって、平たくて不味《まず》い物じゃなかったっけ?」

首を傾《かし》げながらも、アリエルがパンを一口かじる。

「おーい、飛ばしながら食べるって、舌噛《か》まないように気をつけろよ!」

マルクが私達のやり取りを呆《あき》れて注意する。アリエルの方が年上なのにまるでお兄さんだ。

「んむっ……。これ美味しいですっ!」

そして、見かけによらず、凄い勢いではぐはぐとパンを食べ終えてしまった。舌も噛まなかったようだし、どうやらマルクの心配は不要だったようね。

「デイジー様! 私、デイジー様のアトリエに住まわせてください! パン工房のお手伝いもします!」

そう言って、マヨネーズの油でちょっぴりつやつやになった唇も気にせず、アリエルは少し上の方を飛びながら、「パン~パン~パン工房~♪」と謎の創作歌を歌っていた。

◆

賢者の塔に到着したことを、俺、マルクから報告しよう。

だが俺は今、その塔を眺めながら、とてつもなく嫌な予感に襲われている。

デイジーは、錬金術師ながら、実家が魔導師の家系なのだそうだ。そんな彼女が賢者の塔に辿り着いたのだ。何もない訳がないだろう。

塔は高く、見上げると首が痛くなりそうな高さだ。そんな塔の先端は雲に隠れている。

辺りには一面賢者のハーブが生えていて、デイジーは問題なく採取を終えたあと、じっと塔を見上げていた。

「賢者の塔か……」

デイジーが、その塔を見上げて呟いた。

そしてその背後で、俺は言ってはいけない言葉をじっと黙って我慢していた。

どう見てもデイジーが、『賢者の塔に登りたい』と言い出す寸前なのだ！

『登ってみたいんだろ？』

そんなこと言ったらおしまいだ……！

そうしたら、帰ってくる答えは『イエス』しかないだろ！

この、古い石造りの賢者の塔は全部で五十階ある。五、十、十五……と、五階おきにボス級の魔獣や魔物が立ち塞がる構成になっている。

そして、その昔大賢者グエンリールが最上階に住んでいたとも伝えられ、そこにはその遺物があるに違いないという噂《うわさ》だ。

噂に留《とど》まっているのは、三十五階以上は未踏破だから、真実は誰も知らないから。

そして、なぜ噂しかないのか。

未踏破エリアに挑んで生還した者が誰一人いないから、三十五階の情報すらない。

「マルク、レティア。賢者の塔って、その名前のとおり賢者が住んでいたの？」

やはり、デイジーが尋ねてきた。

（来たー！）

俺は予想しうる未来に頭を抱えた。

そんな俺に気を配るでもなく、レティアが普通に対応してしまう。

「ああ、全階踏破済みって訳じゃないから、噂だがな。大賢者グエンリールが住んでいたと言われているぞ」

（やめろ！　レティアァ！）

俺は心の中で叫ぶ。

「ということは、まだ大賢者の遺産が残っているかもしれないってコトですよね」

にんまりと笑うアリエル。

（未踏破ってことには理由があるってことに気づけ――――！）

「私、実家が魔導師の家系なのよね。賢者の遺産なら、魔導書とか、魔法のアイテムとか、魔導師のお父様やお兄様達のお役に立つ物があるかもしれないと思うのよ！　そんな感じしない⁉」

デイジーがなんだかやる気になってきている。

「いや、だからここ未踏破ダンジョンだから……」

俺が止めようとしたが、そこにリィンが口を挟む。

「デイジーが行きたいならアタシはついてくぞ！」

リィンまで、なんだかやる気になっている。

「「「行こうか！」」」

（終わった……）

止める言葉を割り込ませる隙を見いだせなかった俺の敗北か。

俺は腹を括《くく》った。というか諦めた。うん、やばかったら全員を窓から放り投げて、そのあとで俺も飛び降りよう。止められなかった俺の責任だ。塔からの落下の怪我《けが》なら、まだポーションでなんとかなりそうな気がした。

運が良ければ、ティリオンが拾ってくれそうな気もする。

「うん、行こっか……」

こうして、俺達一行は賢者の塔の入口へ向かうのだった。

◆

賢者の塔一階。

地上と続くここには敵はいない。私達は、命綱のポーションの残数の確認や荷物チェックを行ってから階段を上がった。馬とティリオンは、ここで待機。リーフとレオンは階段も登れると言うのでついてくることになった。

二階～五階。

敵は、小鬼とも言われるゴブリン達。五階のボスもゴブリンロードで、瞬殺だった。


六階～十階。

敵は、豚とかって言われるオーク達。豚の要素がないのに豚という蔑称があるのは太め体型だからかしら？　そうだったらちょっと酷《ひど》い。

十階のボスはオークキング。やはり瞬殺だった。


十一階～十五階。

敵は鬼とも呼ばれるオーガだった。十五階のボスのキングオーガは、レティアが首を刃《ヤイバ》で一閃《いっせん》して終わった。


十六階～十九階。

敵は、トロル達。いわゆる『巨人』だ。オーガより大きく力はあるが、太っており愚鈍で動きも遅い。棍棒《こんぼう》で殴りつけようと腕を振り上げたところで、私の氷の楔《アイスエッジ》や、アリエルの弓で眉間を撃たれ大きな音を立てて倒れていく。

残りを、ゆっくりと振り回される棍棒を避けながら、マルクとレティアが首を切りつけ、リィンが頭にハンマーを打ち付ける。うん、まだ過剰戦力かな。


二十階。

ボスはサイクロプスだった。

いわゆる『一つ目の巨人』。顔全体が大きな目だけど、目って急所よね？　的が大きすぎないかしら？

なんかアリエルがグサグサとその目を的にしていた。可愛い顔してやることえぐいよ。


二十一階～二十四階。

アンデッドのフロアだった。

スケルトンに、ゾンビ、グールにリビングデッド達。しかも凄い数で、フロアに腐臭が漂う。

「……いちいち打つのヤダ」

そう言って、アリエルはフロアごと浄化して終わらせた。さすがにエリア浄化は魔力を消費するので、階段でマナポーションを飲んでもらってから次のフロアに向かった。


二十五階。

ボスは死霊魔術師（本人も骸骨にローブ姿）だった。

死霊魔術師は、せっかくさっき、アリエルが片付けたアンデッド達を、フロアにぎっしり召喚した。

「ちょっと。さっき臭いのを片付けたばっかりなのに、あなた何してくれるのよ！」

アリエルが激怒して、再びフロア浄化を展開する。死霊魔術師はそれに巻き込まれて消えていった。

ボスなのに……。さすがに哀れになってくる。

ザコと共にまとめて瞬殺された彼には、威厳もありがたみも感じなかった……。


二十六階～二十九階。

リビングアーマーとアンデッドマジシャンがふよふよと浮いていた。

リビングアーマーは、鎧《よろい》だけのアンデッドで、アンデッドマジシャンはローブだけのアンデッドだ。要は、どちらも中身がない。

「……また私ね」

ため息混じりにそう言って、アリエルがエリア浄化する。

……が、リビングアーマーは消えたが、アンデッドマジシャンは消えずに残っていた。

「あれ？」

アリエルが首を傾《かし》げる。

「アレは魔法攻撃を受けると、魔法障壁が発動するらしいな」

様子を見ていたレティアが説明した。

「そうすると、物理攻撃か～。よっし！」

アリエルが、聖属性の魔力で作った矢で射《う》ってみるが、やはり魔法障壁が展開されて弾かれた。

魔力で作った矢は魔法扱いだったらしい。

彼女には魔法が効かない相手用に少し実物の矢も持ってもらわないとダメね。

「む～、そう来るなら、武器に聖属性付与しちゃうもんね～！　聖戦《ジハード》！」

ぷうっと頬《ほお》をふくらませたあと、アリエルが聖属性付与の支援魔法を全員に展開した。


……そういえば、私って武器ないわ。


みんながローブに隠されたコアである魔石を叩《たた》き割《わ》って歩いている。

武器を持たない、私だけが役に立たなかった。


三十階。

ボスはチャリオットという古代の戦車に乗ったデュラハンだった。なぜか首が既に切れていて、その首を自分の手で大事に抱えているアンデッドの騎士さんだ。あれって手が塞がれて邪魔じゃないのかな？　左手で首を持ち、右手で槍《やり》を掲げている。

チャリオットは、車輪の中央に鋭利な串をつけた、人を巻き込んで殺そうっていう有名な物だ。エグい。

……が、彼はその戦車を走らせることなく、アリエルの聖属性魔法の前に露と消えた。


三十一階〜三十四階。

いかにもといった、マント姿のヴァンパイアと眷属《けんぞく》のコウモリ達が飛び回っている。そうすると、未踏破の三十五階って、ヴァンパイアの王様なのかしら？　彼らは、私達の血を吸おうと積極的に群がってきたが、アリエルの聖属性のエリア魔法に消されていった。


ここからが問題の未踏破エリア。三十五階以降だ。

アリエルには、今まで散々頑張ってもらったから、三十五階に上がり切る前の階段で、マナポーションでしっかり魔力を補給してもらう。

階段を上がって、フロアの入口をくぐった。

そこには、おびただしい数のヴァンパイアがひしめき合っていた。ただし、いかにも元冒険者の姿なのだ。鎧姿にローブ姿、だが、皆肌は青白く目が血走って赤い。血の涙を流している者もいる。

『コロセエエエエ！』

『クルシイ……』

まだ自我が僅かに残っているのだろうか。殺してくれと乞う者や、家族だろうか、人の名を呼ぶ者もいる。

そのフロアの有り様は、一言で言って、凄惨だった。

「……うっ」

陛下のモンスター然とした姿ではなく、いかにも『人から人ならざる者になった姿』は、私達の胃を刺激した。みな、口を塞ぐ。そして、この凄惨な状況に皆が戸惑った。冒険者のマルクとレティアなら、もしかしたら顔見知りがいるかもしれない。

そんな異様なフロアの最奥に、ここをつくりあげた存在がいた。それは、嬉々《きき》とした声で、戸惑う私達に声をかけてくる。

「諸君。私のフロアへようこそ！　どうだ、私の下僕《コレクション》は素晴らしいだろう！　そして、お前達も我が下僕《コレクション》になるがいい！」

そう言って、禍々《まがまが》しい牙を剥《む》き出《だ》しにして、黒いマントを翻しながらこちらへ飛んできた。

それは『ノーライフキング』。ヴァンパイア達の王たる存在だ。

これが賢者の塔が未踏破である元凶だった。

「アリエル！」

「任せて！　不浄者消滅《バニッシュ》！」

アリエルが頭上に掲げた利き腕から、神々しい懲罰の光が放たれた。

……が。

「アリエル！　危ない！」

王とはいえ、ヴァンパイア。自分の聖魔法は必ず効くと思っていたのだろうか。アリエルが驚愕《きょうがく》に目を見開いて、とっさに避ける動作を取り損ねて、茫然《ぼうぜん》とその場で固まってしまう。

そんなアリエルを救うべく、レティアが二人の間に滑り込む。そして割り入ったレティアのカタナが、キン！　と音を立てて、ノーライフキングの牙をかろうじて捉えた。

そしてすぐさまレティアは、反対の腕でアリエルを抱き抱えると、床を蹴ってノーライフキングから距離を取った。

「……レティア、ありがとう」

「ああ」

かろうじて、敵の凶撃はアリエルには届かなかった。

「……アンデッドなのに、聖魔法が効かない。じゃあ他の手は……」

アリエルは、動揺をすぐに引っ込めて、次の対処法を考え始める。

「王たる私は賢い。アンデッドといえば、聖魔法。それは常識。ならば、その備えくらいはしておりますよ。さあ、頼りの聖魔法は効かない。絶望なさい！　お前達はここで私の人形になるのだ‼　さあ、泣け、喚《わめ》け！　人の嘆きと諦観と絶望に満ちた表情が、私のこの上ない愉悦なのだから‼」

そう言ってノーライフキングは、私達を嘲るように、紅《あか》い唇で高らかに笑い、その声がフロアを満たす。

アリエルはそれらを挑発と受け取って、眉を釣り上げて怒気を発する。

「だったらぁっ！　火はいかがっ！　蒼炎《ファイアーボール》‼」

彼女は忌々しさを発散するかのように、大量の炎に顕現せよと命じる。

アンデッドにもう一つ有効なもの、それは炎。ファイアーボールとはいえ、蒼炎は上級にあたる。

それをアリエルは出せるだけ出して、ノーライフキングの腹に叩きつけた。

「あんまりアタシ達をバカにすんなよっと！　そおれっ‼」

ノーライフキングの背後からは、アリエルの攻撃のあと、さらなる追い討ちをかけようと、リィンがハンマーを振り下ろす。左からはレティアがカタナを持って風のように駆け抜けてその刃《ヤイバ》で斬りかかり、右からはマルクが斧頭《ふとう》で首を叩き折ろうと得物を振り下ろす。

だが、そのいずれもが、彼に糸ほどの傷を付けることもかなわなかった。

「あっははは！　物理攻撃も、聖も、闇も、光も、邪も、火も、水も、土も、風の属性魔法も、全て私には無効です。さあ、諦めなさい、絶望に泣《な》き喚《わめ》きなさい！　そしてその絶望の果てに、我が下僕《コレクシヨン》となるがいい！」

ノーライフキングは、勝利の確信に酔い、肩を揺らして高らかに哄笑《こうしよう》する。


あれはアリエルが怒るのも無理ないわね。なんとかして懲らしめてやりたいわ。

うーん、でも、物理属性も、全属性の魔法もダメなのよね……、ってあれ？

……私、それ以外の属性持ってなかったっけ？


「あなたが無効化出来ないものを見つけたわ！」

私の言葉を聞き、ノーライフキングは侮蔑の表情で私を見下ろし、鼻で笑う。

「ハンッ！　我が身を傷つける手段などないわ！」

「それはどうかしら？」

そんな彼に、私は利き手を彼に向けて伸ばして、にっこりと笑いかける。

「これならどう⁉　茨の鞭《ローズウィップ》！」

私が叫ぶと、地上から生えてきたのだろう、塔のありとあらゆる窓や隙間から、無数の茨の蔦《つた》が侵入してきて、ノーライフキング目掛けて一斉に襲いかかる。

「な、なんだこいつらは！」

動揺するノーライフキング。だが、茨の蔦達は、まるで自分で意思を持つ触手のようにノーライフキングに襲いかかり、ノーライフキングが払《はら》い除《の》けようと抵抗しても、それは適《かな》わない。やがて、蔦が彼を絡め取り、まるで簀《す》巻《ま》きのように分厚く巻きついた。

ノーライフキングを行動不能にすることが出来た！

やったぁ！

「なぜ魔法が私に効くのだ！　そもそもこいつらはなんの原理で動いている⁉」

立ったまま簀巻き状態で暴れるノーライフキングだが、そのあがきは締めつけをきつくするばかり。やがて立っていられずに、音を立てて床に倒れ込んだ。

……だって『緑魔法』だもの。あなたが言ったのには入っていない。

「とりあえず、コイツの無効化は完了？」

ほっとした顔のマルクが私の元へやってくる。

「何を！　手足が動かずとも魔法で……！」

「蔦さん、お願い。黙らせちゃって」

私が彼の口元を指さしてお願いすると、その喚《わめ》き立《た》てる口を塞ぐように、蔦が巻き付いた。

「無効化は出来たけど、でも、どうやってコイツ処分するんだ？」

レティアが床をゴロゴロして足掻《あが》くノーライフキングの首をカタナの峰でぺちぺち叩《たた》く。

ボスを倒さない限り、次の階への扉は開かないのだ。


……さて、どうしよう？


みんなで顔を見合せた。

茨の蔦でぐるぐる簀巻き状態のノーライフキングをマルクが足蹴にしたり、レティアがカタナでぺちぺちしたり、相手が何も出来ないのをいいことに、とりあえず、彼を囲んで作戦会議をすることにした。

で、まず決定したのは、哀れな犠牲者の浄化。

「冒険者さん達は可哀想《かわいそう》だから早く浄化してあげましょうよ」

「それはそうね」

私がアリエルにお願いすると、アリエルを含めて全員が同意してくれた。

「……私は司祭とかじゃないから、魂まで救えるかはわからないけれど……。どうか、安らかに眠ってね。主の憐れみを《キリエエレイソン》」

すると、アリエルを中心として神々しいけれど、死者への哀れみや優しさを感じさせる浄化の光が広がり、フロアを満たす。哀れな冒険者の成れの果て達は、その光に溶けるように消えていった。

……次は、幸せに人生を全うしてね。

私は両手を組んで目を瞑《つぶ》り、彼らの安らぎを祈った。

彼らの体は灰となって床にこぼれ落ちて、風に吹かれて窓から飛んでいく。魂と思《おぼ》しき光る球体は地の底にあるという冥界へ帰るのか、窓から地上へ下りていって、消えていく。そして、残された鎧《よろい》やローブ、武器や持ち物などの装備品が音を立てて床に落ちた。

「……俺、これ持って帰って冒険者ギルドに引き渡すわ。遺族にとっては、これは大切な遺品になるだろうし」

マルクはそう言って、フロア中を駆け回って残された遺品を拾い、マジックバッグにしまった。

「私のコレクションが！」

浄化されたあとのフロアを見て、簀巻き状態で何も出来ないはずのノーライフキングが、なんとか口の拘束から逃れて叫んだが、レティアの踵《かかと》でグリグリされていた。

「ああ？　この外道が。なんか文句あるのか？」

レティアが、ノーライフキングを上から見下ろして睨《ね》めつける。

「はん！　かと言って殺すことも出来まい！　いつまでこうしている気だ？」

ノーライフキングがニヤニヤと嘲笑《あざわら》って余裕を見せるので、レティアに最後にもう一蹴りくらっていた。

……うーん、絶対なにか仕掛けがあるはずよね？　だってアンデッドに聖魔法が効かないなんておかしいわよね？

私は、ノーライフキングを観察するために、少し距離を置いて全方向から彼を観察する。勿論《もちろん》、鑑定の目で。

【ノーライフキング】
分類：魔物　品質：腐肉　レア：A
詳細：ヴァンパイア達の王。聖属性や光攻撃、火炎攻撃に弱い。
気持ち：早く離しやがれ！

……ほら、やっぱり弱点はあるのよ。でも、無効化されるとすると、装備が原因？

じーっとネックレスのありそうな首や手首を順に見ていく。そして、指を見た時だった。

「あった！　この指輪だわ！」

それは、ノーライフキングの薬指に嵌《は》められた、虹色の石を台座に収めた指輪だった。

「なっ！　違う！　それじゃない！」

ノーライフキングが喚く。ということは図星ね。

「もういいわ蔦さん。うるさいから口を塞いじゃって」

再びノーライフキングの口は塞がれた。

【神々の加護の指輪】
分類：装備品　　品質：最高品質　　レア：SSS
詳細：物理無効化、魔法無効化（聖、闇、光、邪、火、水、土、風）
気持ち：この外道から外してくれない？　ちなみに加護は石によるものだからね！

「指輪の加護か。コイツとんでもない物を手に入れたもんだな。で、どうやって外そうか？」

レティアは、かつての仲間であった冒険者達を冒涜《ぼうとく》したノーライフキングが気に食わないのか、まだ靴の踵で彼の顔をグリグリしている。

……ん〜、触って抜くのもなんか嫌よね。爪とか長くて怖いし、何かされたら危ないし。

「指輪のリングの部分を溶かしてみるわ」

私の発言に、ノーライフキングが目を剥《む》いてぎょっとした顔をする。

「蔦さん、上手《うま》く手のひら側を向けさせてくれるかな？」

「やっ、やめろ！」

だが、ノーライフキングの願いも虚《むな》しく、グリグリと強引に彼の手の向きが変わる。

「じゃあ、行くわ」

魔力を極狭い範囲に絞って熱を加えていく。当然、『錬金魔法』に対しての加護なんてないので、ノーライフキングは溶ける金属に直接触れる熱さに喚いて暴れる。

……熱いとは思うけれど、さすがに彼には哀れみを感じる余地はないわね。

やがて、指輪の一部が熔《と》けてコトンと床に落ちた。

私は、その落ちた指輪を鑑定で確認する。

……うん、指輪自体の効果はなくなってないわ。

「もういいわよね！　不浄者消滅《バニッシュ》！」

アリエルが唱えると、傲慢極まりない下劣なこの階の主であるノーライフキングは消え去った。

指輪は水魔法で冷やして、リィンに預けることにした。リングの部分を溶かしちゃったから、修復がいるからね。

そして、私達は階段を上っていった。


三十六階～三十九階。

バジリスクという石化毒を持つ巨大なトカゲがたくさんいた。きっと、石化対策をしていないパーティーなら真っ青だろう。

「アリエルは耐性ないから、奴《やつ》らからは距離を取れよ！」

マルクの指示に従って、アリエルはトカゲ達から距離を取りながら弓で彼らの眉間を貫いてゆく。

そして、そのほかのメンバーは思い思いに動く。

……だって、アリエルを除いて私達全員、状態異常完全無効化だからね……。


四十階。

コカトリスという石化毒を持った巨大なニワトリがいた。

いたけど、すぐに片付いた。

……理由は以下略。


四十一階〜四十四階。

ワイバーンが飛んでいた。いわゆる翼竜と言われるドラゴンの亜種にあたるが、そんなに強くない（当パーティー比）。

「でもさあ、こいつらがここにいるってことはここのボスって……」

マルクが、ワイバーン達を撃ち落としながら、かなり深刻そうな顔をしてぼやく。

四十五階。

「うわっ！」

先頭を歩いていたマルクが、フロアに上がった途端、炎が叩《たた》きつけられた！

当然マルクはアレがいる可能性を考慮していたので、そろそろと警戒しながらフロアを覗《のぞ》き込んだ。

なので、相手から叩きつけられた炎からは、すぐに体をのけぞって避けることが出来た。おかげで、片手と片足に軽い火傷《やけど》を負う程度で済み、その傷は私がポーションで回復する。

対峙《たいじ》するのはドレイク。亜種で小型とはいえ、立派なドラゴンの仲間だった。

……一つ疑問があるのだけれど。

ドラゴンが吐く炎、ドラゴンブレスというのは、物理攻撃や魔法攻撃のどちらの範囲に入るのかしら？

私達は、ひとまず態勢を整え、作戦を考えるために階段まで戻る。ここなら、まだドレイクは来られないし、ブレスも放ってこないからだ。

「……聞いていいかしら。ドラゴンブレスって、物理攻撃や魔法攻撃の範囲に入るの？」

私の問いにまず答えたのは、リーフだった。

「残念ながら、いずれにも当てはまりません。この世界の理からすれば、『物理攻撃』とは重さと加速度をもって与えられる攻撃に限られます。ドラゴンの吐き出す『炎』は熱と光の放射という『現象』であり、重さがありません。ですから、物理攻撃には当てはまらないのです」

次に答えたのはレオン。

「そして、彼らの生み出す炎などのブレスは、魔法の発現原理と異なるものから生まれます。ですから、魔法攻撃にも当てはまりません」

「……ということは」

「この指輪でも防げないということか」

私が言いかけた言葉を、リィンが呟《つぶや》き、私達二人は、自分達の中指に光る異なる色石のついた指輪を見下ろした。

「……デイジー様の体力では、ブレスを一撃でも受ければ死に至ります。守護する身として畏れ多いかもしれませんが、守るべき御身だからこそ、この先に進むことは容認出来ません」

リーフがそう言って、ダメだと言うように首を横に振る。

「リィン様でも、運悪く連続で攻撃を受ければ、お命が危ういかと……」

レオンも下を向く。

「……私は弓術と光と火と聖の属性しか手がありません。ただの矢ではドレイクに対して致命傷は与えがたいでしょう。そして、光魔法は光自身とそこから生まれる熱による攻撃です。炎のブレスを吐くドレイクだと、私では、あまりお役に立てない気がします。それと、体力面も……」

そう言って、アリエルがきゅっと唇を噛《か》みしめる。

「俺とレティアは、装備は耐熱や防火仕様になっていない。武器も特殊な物じゃない。デイジーが持っているポーションがいつまでもつかの消耗戦だな」

そして、マルクの手がぽふっと優しく私の頭の上に乗せられる。

「デイジー、ここまでだ。ここだけは絶対に譲らない。……いいな？」

マルクのその声は、子供を諭すかのように優しい。

「……くや、しい。最上階まで、あと、ちょっとなのに」

マルクの手の温《ぬく》もりを感じながら、私は下を向いて呟《つぶや》く。

「ここは賢者の塔、でしょう？　だから、名前のとおり最上階に魔導師向けの本や装備がもしあったとしたら、……お父様やお兄様達のお役に立てると思ったの。家族の役に立ちたかったの……」

そう呟《つぶや》いて、私は自分の服の裾をギュッと掴《つか》む。

「……お前の気持ちはよくわかってるよ、デイジー。でもな？　それと引き換えに、デイジーが大変なことになったら、家族は喜ぶのか？」

マルクの問いかけに、私は首を横に振った。

「迷惑かけて、わがまま言って、ごめんなさい……」

「気にするな、過ちや失敗は誰にでもあるさ。だけどな、死んだらそこで終わりだ。俺は誰も失いたくないだけなんだ」

ぽんぽん、と優しくマルクが頭を撫《な》でる。

「デイジー」

リィンが私の正面にやってきて、私の両肩にそっと手を乗せ、まるで母親が子を宥《なだ》めるように優しくさすってくれる。

「アタシには、鍛冶、そして、デイジーには錬金術がある。ドレイクを倒したかったら、それに見合う装備を二人で作りあげればいいじゃないか。アタシ達にはその力があるんだから」

リィンがそう言うと、彼女の片手が私の後頭部に、もう片方の手を私の背に回される。そしてリィンの手で、私の顔は彼女の肩に押し付けられる。

顔をリィンの肩に預けて、私は悔しさに唇を噛んだ。

「……今日は引く。だが、いつか倒す。……それでいいか？」

マルクが全員に確認する。全員が無言で頷《うなず》いた。

全員同意の上、私達は上がってきた道を、逆戻りに降りていった。


塔から降りたら、もうすっかり日が暮れていた。

テント張りや焚《た》き火《び》起こしはマルクとレティアにお願いしたけれど、食事はミィナが持たせてくれたパンを大放出することにした。

……だって、やっぱり今日はみんな疲れたよね。

だから、パンを食べたらその草むらにそのままみんなでゴロリと大の字になった。

空は薄曇りで、空に瞬く星もない。そんな中、薄ぼんやりとした輪郭の月が賢者の塔の横を飾り、少しだけ空を明るくしていた。まるで、勝者は賢者の塔だとでも言うように。

そして、攻略を失敗した私達の心を表現しているような、なんとも表現出来ない曇った夜空。

「あ～あ。攻略失敗かあ」

ぼやくリィン。

「ああ、でも収穫はあっただろ？」

ノーライフキングから奪った指輪のことだろうか。マルクがみんなを励ますためか、前向きな発言をする。

「確かに、あの指輪は直したら凄いわね」

だって、あれは私達の守護の指輪に近い力を秘めている。

「私、もっとデイジー様のお役に立てるようになりたいです」

ぐずっと洟をすする音混じりに、アリエルが呟く。

「あの塔で一番働いてくれたのは、アリエルだろう」

アリエルの隣で横になっているレティアが、腕を伸ばしてアリエルの髪をクシャリとする。

「俺はさ、みんながちゃーんと生きて帰ってこられたから、それで満足だよ」

マルクは、うん、と頷いてから、「あー、でも！」と言って、足を振り子にして勢いをつけて上半身を起こす。

「強くなりてー！」

マルクは夜空に向かって叫んだ。私達の中では一番の常識人、そんな彼の子供っぽい仕草に周りも笑みを浮かべ。

「……ああ、なりたいな」

レティアも、相棒の叫びにくすりと笑いながら、頷《うなず》く。

……いつか、みんなで攻略するんだ。

そう心に誓って、テントに入った。

第十二章　苔《こけ》むす癒《いや》しの洞窟

翌朝朝食を済ませ、テントなどの野営の片付けをして、一行は、次の目的地である苔むす癒しの洞窟へ向かうことにした。

今まで、王都の北西出口から出て、街道沿いに北西方向へ進んできた。

今度は、方向を変えて、国の北部山脈沿いを東西へ繋《つな》ぐ街道を使って、東を目指すことになる。

この道は、北部の山沿いに転々と存在する鉱山を行き来するのによく使われており、見回り警戒中の兵士さんや、人数調整などの関係で移動をする鉱夫さん達に出会う。

人通りも多く、暫《しばら》く魔獣に出くわすこともなく、平和な旅を続けていた。

旅は安全で、時々魔獣と兵士さんが戦っているのに加勢するくらい。だから、旅は会話混じりに進んでいた。

「ねえリィン、ちょっと作って欲しい物があるんだけど、聞いてくれないかしら？」

「ん？　アタシに作れるモンだったら相談乗るぞ」

私には、今、欲しい物があるのだ。

それは杖《つえ》！

当然、普通の魔導師用の杖とかじゃない。

「杖を作って欲しいのよ。ポーションを二種類くらい入れておけてね、スイッチを押すと、ポーシヨンが中から噴出されるの」

「は？　なんだそりゃ」

リィンが、あまりにも想像とかけはなれた『杖』なる物の構想を聞かされて、顔を顰《しか》めて首を傾げた。

「ポーションを噴出したら、私がそれを水魔法で制御して、ポーション弾にするか、雨みたいにして範囲回復させるのよ！　なんて言うか、今回の旅で後方支援をしてみたけど、ポーション瓶をいちいち開けるのが面倒なのよね。だから、自動化出来ないかなって！」

そう、ポシェットからポーション瓶を取り出し、蓋を開ける。その工程にかかる時間がもどかしい。だから、この作業を省略したいのだ。

「……デイジー、それ、杖の中身使い切ったらどうするんだ？」

「ポーション瓶から補充……、ってあ！」

そこで、しゃがみこんで杖と何本ものポーション瓶の蓋をあけて、杖にポーションを補充している自分の姿を想像した。

……全然ダメだわ。

「それにさ、液体を入れておくんだろ？　杖が揺れる度に、動く液体の重さが手首に負担をかけないか？」

回復師のように、杖で回復をするという素敵に思えた構想が穴だらけだったことに気づいて、ぷぅ～と私は頬《ほお》をふくらませる。

「……いや、デイジー。ポーション弾だけで十分アタッカーは助かってるぞ？　ポーションをあんな使い方されたら、回復師がついているのと変わらない」

「……既に規格外だしな」

レティアが私を慰めてくれる横で、マルクが何かボソッとこぼしている。

「それじゃあ、杖の話は置いといて。ドレイク対策って、どうするの？」

私は、賢者の塔を攻略する気満々だ。だってあそこには、お父様達のお役に立つような魔導書や装備品がありそうじゃない！

「炎を吐くドレイクなら、相反する氷属性には弱いだろう。だから、武器に氷属性を付与するとかだな。まあ、俺とレティアとリィンの『魔剣』の類の製造をお願いすることになるかな」

マルクが馬に揺られながら答えた。

「私も、熱に強そうなドレイク相手だと決め手に乏しいから、氷属性を付与した矢なんかがあれば、お役に立てるのかなあ」

バッサバッサと翼をはためかせるティリオンに揺られながら、アリエルが希望を述べる。

「あとは防具だな。アタシ達が、熱や炎に耐性があるような防具を作ることが出来れば、格段にみんなの受けるダメージは減ると思うぞ」

鍛冶師のリィンも、やる気満々といった様子。

「あとはデイジーの体力を上げたいところだけど……、十歳の女の子の体力が、ドレイクのブレスに耐えるということ自体がまずありえないから、みんなの回復に徹して、入口のところに隠れているというのは必須だな」

そして、マルクが私に釘《くぎ》を刺した。

……うっ、どうせ私は体力ないですよ。ぷんぷん。


と、今後について相談しながら歩いていると、目的の苔むす癒しの洞窟に着いた。

「あ、ここもなにかある気がする！」

そう言って、リィンが洞窟の奥に入っていく。

そうして、レオンから降りて、洞窟の奥まで辿《たど》り着《つ》くと、彼女の周りにたくさんの土の妖精、黄色い小人さん達が現れた。

「鉱物抽出！」

リィンがそう言って洞窟の壁に指をさすと、黄色い小人さん達が一斉に両腕を掲げた。そして、洞窟の奥の壁が黄金色に輝き、キラキラと輝く粒子が壁一面から出てきて、宙を埋め尽くす。

「鉱物再結晶！」

リィンがそう叫ぶと、小人さん達が宙のある一点を一斉に指さす。すると、キラキラ輝く粒子はその一点に集まり、複数のごろごろした鉱石になって、リィンの手のひらに落ちた。

気がつくと、たくさんいた小人さんは既にいなくなっていた。彼らのお帰りは早い。

リィンが私達の方に向き直り、その鉱石を手のひらに載せながら、私達に見せる。

「うーん、優しい感じがするけど、デイジー、ちょっと見てみて」

そう言われて、私はリーフから降りて、リィンの元へ駆けていってその鉱物をじっと見る。

【癒しの石】
分類：鉱物・材料　品質：良質　レア：B
詳細：装備品に加工することで、自然に体力回復の効果を発揮する。他の装備品に同じ効果がある場合は加算される。
気持ち：僕がいれば、安心安全！

「装備品にすると、自然に体力が回復するらしいわ！　しかも効果上乗せよ！」

私は興奮して、結果を伝える。

「ってことは、この守護の指輪の回復量にさらに加算か……。もし一緒に装備出来れば、凄《すご》い楽になるな」

マルクが中指に嵌《は》めた指輪を見下ろす。

「これで全員分の装備に足りる量のインゴットが出来るといいんだけどな！　デイジー、これよろしく」

やはり、まずは私の加工が先ということで、リィンから鉱石を受け取り、ポシェットの中にしまった。

あとは、当初からの目的の癒しの苔《こけ》だ。

この洞窟中が苔むしていて、ちょろちょろと湧水が流れ出している。この水が苔達を育んでいるのだろう。辺り一面が苔だらけで、その中から癒しの苔がびっしり繁殖している岩を見つけた。

【癒しの苔】
分類：植物　品質：高品質　レア：B
詳細：魔力があり、薬剤のもとに使われる。とても瑞々《みずみず》しくイキイキしている。
気持ち：水をたっぷりちょうだいね！　ひなたは嫌いだよ！

「この岩に付いた苔が欲しいけれど、出来ればアトリエで栽培したいのよね……」

苔って剥《は》がして持って帰っても繁殖させられるものなのかなあ？

ちょっと、私が剥がしていくことを躊躇《ためら》っていた、その時。

「じゃ、この岩割るからな！」

迷いもなく、リィンがハンマーで岩の下部を叩《たた》き割った！

割れた岩には、びっしりと苔が張り付いたままだった。


……ということで、私はやっと当初の目的の二品を手に入れて、王都への帰途につくのであった。

なんだか寄り道だらけの採取の旅を終え、私達は北西門から王都に帰ってきた。

アリエルとその従魔に関しては、出先で保護しました、という話にして、私が身元保証人となり王都へ入れてもらうことが出来た。

「早いうちに身分証明になる物を得てくださいね」

そう言って入れてくれた、顔見知りの警備兵さんに感謝だわ！

で、リィンに預けていた苔を受け取った。

倒した魔獣達の換金と、ノーライフキングの被害者の遺族探し（遺品の返還）を冒険者ギルドにお願いするとして、そこはひとまずマルクとレティアにお任せをする。

こうして私達は、今回の長い旅を終えて解散した。

第十三章　アトリエに帰ろう

私はアリエルを伴ってアトリエ・デイジーに久々の帰宅をした。

そんな私に、店番をしていたマーカスとミィナが、素早く気づく。

「「おかえりなさい！」」

マーカスとミィナの顔を見るのも久しぶりだ。

「ただいま！　長く留守にしてしまってごめんなさい。私がいない間に、困ったこととかなかったかしら？」

私は、労《ねぎら》う気持ちを込めて、ミィナとマーカスに留守中の店の状態を尋ねた。

「錬金工房の方は、定例の納品も滞りなく済んでいますし、大丈夫ですよ。それと畑の薬草も元気です！」

マーカスは、国への納品物の作成と納品、配達もしっかりやってくれたらしい。

「パン工房は、いつもどおり順調でした！」

ミィナもぺこりとお辞儀して報告してくれる。

「……ところでそちらのお嬢さんは？」

私の横で待機しているアリエルを気にして、マーカスが尋ねてきた。

「アリエルって言うんだけれど、旅先で出会って、面倒を見ることになったのよ。アトリエの三階に、一緒に住んでもらうことにしたから、よろしくね。アリエル、この二人は、アトリエで私を手伝ってくれている、マーカスとミィナよ」

私が紹介すると、ぺこんと勢いよくお辞儀をしてから、アリエルが挨拶をする。

「デイジー様に里を助けていただいたお礼に、今後ご一緒させていただくことになりました。アリエルと言います！　よろしくお願いします！」

そして、マーカスとミィナに向かって、なぜかアリエルはくんくんと鼻を動かす。

「あなたから、美味《おい》しそうなパンの匂いがします！　あなたがあの美味しいパンの作り手さんなんですね！」

アリエルは、ミイナの真正面に向き直り、両手の拳を握り締めて、キラキラした目で彼女を見る。

「はわ？」

事情を知らないミィナは、首を傾《かし》げる。猫耳が少し平らに下がって、困惑顔だ。

そんなミィナにはお構いなしに、今度はアリエルがパン工房の店頭を覗《のぞ》き込む。

「これが、パン工房ですね！　わぁ！　見たこともないパンがいっぱいです！」

そして、忙《せわ》しなく再びミィナの前にアリエルが戻ってきて、ぎゅっとミィナの両手を握った。

「デイジー様と出かけて私がいない時以外には、私にパン工房のお手伝いをさせてください！　頑張ります！　ミィナさんが作るパンを旅先で食べて、大好きになったんです！　尊敬してます！」

アリエルがミィナをキラキラした目で見ているのは、尊敬からだったらしい。

「アリエル、こっちも紹介するわ！」

私はアリエルに声をかけて、一緒に裏手に回って畑に行く。

そこでは、妖精さんや精霊さん達が、せっせと畑仕事をしてくれていた。

「みんな、ただいま！」

声をかけると、畑の皆が私の周りに集まってくる。

「デイジー、その子はだぁれ？」

「デイジー！　お帰りなさい！」

精霊さんと妖精さん達が口々に尋ねてくる。

「私は陽《ひ》のエルフのアリエルよ！　みんな、よろしくね！」

すると、アリエルの周りに妖精さん達が集まって戯れ出した。

こうして、私のアトリエにアリエルが加わり、さらに賑《にぎ》やかな日常が始まる。

これからも、もっともっと賑やかで楽しくなりそうね！

書き下ろし短編　差し入れへのお礼

とある休日、リビングで本を読んでいると、ミィナが私に声をかけてきた。

「デイジー様。ちょっとご相談したいことがあるんですけれど……」

手を組んで指先をいじっている仕草からすると、ちょっとまだ迷っている感じかしら？

なので、私は、ミィナに安心してもらえるように、笑顔で、私の座っている横の椅子を叩《たた》く。

「相談に乗るわ。隣に座って！」

すると、嬉《うれ》しそうな笑顔を浮かべてミィナが私の隣に腰を下ろした。

「それで、どうしたの？」

「あの、いつもよく差し入れをしてくださる男女の冒険者のお客様、いらっしゃるじゃないですか。いつも頂いてばかりなので、何かお返しをしたくて」

ああ、そういえば、ブラッドカウなんて高級品だのなんだの、冒険に行ったお土産だと言って、ちょくちょく頂いている。

……はっきり言って、金額にしたら、なかなかになるのよね。

「そうね。みんなへの贈り物として色々頂いているから、お店のみんなからとして、何かお返しをしたいわね」

すると、ミィナの顔が、ぱあぁっと喜色に輝いた。

「ありがとうございます！」

「でも、どんなものがいいかしら？」

彼らとよく接するのはミィナなので、彼らがどんなものを喜ぶのかが思いつかなかった。

……冒険者さん、かあ。

私が思案に暮れていると、ミィナが口を開いた。

「あの、ですね。家族のいない私にとっては、アトリエの皆さんと、デイジー様のご実家の皆様以外には、あまり親しい人もいなくて……。だから、お客様を区別する訳ではないんですけれど、私にとっては、彼らは大切な方達なんです」

そう、静かに語るミィナの、彼らへの思いを聞いて、私は思わずミィナの頭を撫《な》でる。

「はぅ……」

不意打ちだったのか、ミィナは照れたように頰《ほお》をほんのり赤らめる。

「だから、あの、ずうずうしいかもしれないんですけれど、私達にくださったペンダントのように、何かお守りになるような物を贈りたいんです。『無事に帰ってこられますように』、って」

ミィナは、上目遣いで私に訴える。

……そうか、彼らは冒険者。だったら、仕事に行った先で危険な目に遭うかもしれない。

「でも、デイジー様に調合をお願いするだけで、私には何も出来ないのが心苦しいのですが……」

そう言って、尻尾を下げてしゅんっとするミィナ。

「あら。何を言っているの？　当然あなたも調合を手伝うのよ！」

そう言うと、ミィナが「はわはわ」と言って慌てる。

そんな彼女の両肩に私は手を添えて言う。

「錬金術も、魔術も、基本は、『想《おも》い』なの。この贈り物を素敵に仕上げるには、あなたの、『彼らに対する想い』が大事なのよ」

ユリア先生や、アナさんが教えてくれたことって、そういうことだと思う。『魔法は想像力』。だったら、『優しい願いや想い』は、もっと力を与えてくれるはず。ミィナの希望を叶《かな》えるには、ミィナ自身も参加した方がいいと思ったのだ。

そこまで説得すると、ミィナの顔に明るさが戻ってきた。

「はい！　初めてでちょっぴり不安ですけど、……私、頑張ります！」

「じゃあ、明日、何か良いものがないか素材屋さんに一緒に行きましょうか！」

「はい！」


翌日、パンを焼き切って、販売だけすればいい時間帯を狙って、私とミィナは素材屋さんへと向かった。店番は、アリエルにお願いしておいた。

いつも、掘り出し物が出てくるお店に二人で入る。

「やあ、錬金術師のお嬢さん！　今日もまた何かお探しかい？　自由に見ていってくれよ！　お連れのお嬢さんも、何か質問があったら聞いてくれよ！」

いつもどおり、店主さんは気さくに話しかけてくれる。

「お守りになるような石が欲しいんです。冒険者をしている方達へ、お礼として贈り物をしたくて……」

ミィナが、自分から積極的に店主さんへ話しかけた。

「それだったら、ちょうどいいところに来たね！　『守り石』っていう、程々に守護効果がある素材が入ってるよ。値段も手頃だし、プレゼントにするんなら気負わなくていいんじゃないかな。ちょっと待っててな。奥から持ってくるよ」

そう言うと、店主さんは店の奥へ入っていった。

そして、一つのあまり変哲もなさそうな丸い石を持って戻ってくる。

「これだよ。いい目を持ったお嬢さん、どうだい？」

そう言われて、私は、その石を鑑定で見てみた。

【守りの石】
分類：鉱物・材料　品質：良質　レア：C
詳細：装備品に加工することで、防御力が一割上乗せされる。
気持ち：僕が守ってあげる！

うん、贈り物なら、こんなの良さそう。

そう思って、少し離れて大人しく待っていたミィナに、さも店主さんから聞いたように装って、この石の効能を説明しに行った。

するとミィナの顔がぱぁっと明るくなった。

「じゃあ、これを身に着けていれば、この石が守ってくれますね！　きっと……、大変なお仕事でも、無事に帰ってきてくれますよね！」

「そうね。その祈りを込めて、作りましょ！」

結局私達は、その石に即決して、アトリエに戻るのだった。


二人で実験室に移動する。そして、インゴットの中から、相性の良い銀を探し当てた。

「これで、合金を作るわ！　ミィナ、あなたの願いの力を貸してね！」

「はっ、はい……」

二人で、厚手のエプロンをかけて、手袋をはめる。

そして、錬金釜の中に、銀のインゴットと、『守りの石』を入れる。

私は、攪拌棒《かくはん》を握って、そばに立っているミィナに声をかける。

「お手伝いをお願いしたい時に声をかけるから、そうしたら、お願いね！」

「はい！」

ミィナが元気よく返事をした。


……いくわよ。ミィナの願いを叶《かな》えて頂戴！

魔力を込めて、うんとうんと熱く……！

そう念じながら暫《しばら》く撹拌棒を握っていると、素材を入れた釜の中が熱くなって銀が溶け始めたので、錬金釜の中でぐるぐると撹拌棒をかき混ぜ始めた。

「さあ、一緒になって……！」

【守りのインゴット】
分類：合金・材料　品質：低品質　レア：C
詳細：防御力が一割上乗せされる。だが結合度が低く、力を発揮しきれないだろう。
気持ち：まだ祈りの力が足りない……。

……うん、まだ溶かして混ぜただけだもんね。これからが本番よ！

魔力と、冒険者さん達への思いを込めて、ぐるぐると撹拌《かくはん》棒を回していく。

「ミィナ！　一緒に棒を握って！　そして、彼らへの願いを込めて！」

私がそう指示すると、ミィナが慌てて撹拌棒を一緒に握りしめる。ミィナは、生活魔法レベルとはいえ、魔法は使える。だったら、強い願いならきっと、思いは伝わるはずだわ！

そうして、一緒に暫く撹拌棒をぐるぐると回す。

ミィナは、何かを祈るように、瞳を閉じて、真剣な表情をしている。

そうしていると、やがて、錬金釜の中身に変化が現れた。

【守りのインゴット】
分類：合金・材料　　品質：高品質　　レア：B
詳細：防御力が二割上乗せされる。優しい少女の願いがこもった逸品。
気持ち：きっと、大事な人を守るよ！

……やっぱり、相手を想う力って大事なんだわ！

私はミィナが引き出したその結果に感動した。

「ミィナ、大成功よ！　これは、あなたが、彼らに対する想いを込めたからこその結果よ！」

そう、彼女を褒《ほ》め称《たた》えると、事実かどうかの判定の術のないミィナは、困惑しながらも、嬉《うれ》しそうな表情をする。

そして、これをインゴット型に流し込み、冷えてから、リィンにペンダントの制作依頼をしたのだった。

◆

「え？　俺達に、お礼？」

リィンから仕上がったペンダントを受け取って、彼らが店にやってきたその日、プレゼント用の包装に包んだペンダントを、ミィナが二人に手渡した。

受け取る側の彼らは困惑していた。

本音では、お役目として彼女達を見守っているのである。それに対して、お礼と言われると、なんだか筋違いな気がする。

「いつも、お仕事のお土産と言っては、色々頂いているので……。アトリエのみんなからの、心ばかりのお礼です」

そう言われて受け取った包みを開けると、それぞれペンダントが手の中に転がり込んだ。

「ペンダント……」

「はい。それは、身に着けると、防御力が二割上がるものなんです。その……、どんなお仕事からでも、無事に帰ってきて欲しい、という願いを込めました」

ミィナが二人に対して、すっきりしたような晴れやかな笑顔を向ける。

「そんな貴重なものを？　お土産のお礼には、頂き過ぎな気もするけど……」

そう言う女性の冒険者の手を、外側からミィナが握って、指を閉じてしまう。

「これは、私の願いなんです！　貰ってください！」

そんなミィナの必死の様子に、冒険者二人は微笑《ほほえ》ましくて笑顔になってしまう。

「ありがとう。その気持ち、ありがたく頂戴するよ。また無事にお土産を持って帰ってくるな！」

そう言うと、男性冒険者がミィナの頭をぽんぽんと優しく撫《な》でた。

そして、彼らはアトリエから離れた路地に身を潜める。

「なんて、幸せなんだろうな」

『影』が『鳥』に語りかける。

彼らは、本名すら捨て去った、影に生きる身。帰る家すらない。そんな彼らに、『無事に帰ってきて欲しい』と願ってくれる少女がいる。

「ああ、『影』。私達は幸せだな。こんなところに、帰る場所を与えられるなんて」

そうして、二人は、贈られたペンダントを首にかける。

きっかけは、国王陛下の命令に過ぎなかった。だが、ここは、彼らにとってかけがえのない場所になるのだろう。

「さあ！　これからも彼女達を守ろう！」

彼らは、ペンダントトップを握りしめながら、誓い合うのだった。

あとがき

『王都の外れの錬金術師２』を手に取っていただいてありがとうございます。著者のｙｏｃｃｏと申します。

本書は、サブタイトルでは『お店経営します』と言いながら、一巻はアトリエを開店するところで終わりという、ちょっと「あれ？」と思わせてしまう構成でした。幼年期から書きたいという作者の構想があって、一巻で書き切れる量がそこまでだったのです。

ですが、無事に二巻を出していただけることになり、ようやくタイトルに偽りなし、という状態になれたかと思います。


そして二巻では、主人公デイジーが家の中から街に出て、アトリエを経営しながら多くの人達と知り合うところから始まります。師匠、鍛冶師のパートナーや、冒険者仲間など、新たな出会いを経験します。

また、仲間達と素材を採りに冒険に出るようになって、新たな仲間も増えます。

さらに、王都の中しか知らなかったデイジーは、王都の外に出ることで、そこに住む様々な人々の存在を知ります。そうして、これからも彼女の世界はどんどん広がり続けていくのです。

これからも、頑張り続けるデイジーを応援していただければと思います。


それからコミカライズについて。

本作、コミカライズも決定しています。時期的に、すでに連載開始されているかもしれませんね。漫画を担当してくださるのは、あさなや先生です。

書籍と漫画って、それぞれ違った魅力がありますよね。『王都の外れの錬金術師』の書籍版、漫画版とも、まずはご興味を持っていただき、応援していただければと思います。よろしくお願いいたします。


次にちょっとした本編の補足事項です。

アナさんの言葉の中に、「錬金術師は、（略）欲に眩んで、金を作ろうとフイゴを吹き続ける者ではない」という台詞があります。

これは、昔の錬金術師の中で、欲張って金を作ろうとした人は、炉を加熱するためにフイゴを吹いてばかりいたため、『フイゴ吹き』と言われて（馬鹿にされて）いたそうです。

なぜ錬金術師の話にフイゴが出てくるのだろう？　と思われた読者様には、ここでネタバラシです。


以降は謝辞になります。

カドカワＢＯＯＫＳの皆様には、一巻に引き続き、言葉では言い尽くせないほどお世話になりました。本当にありがとうございます。

そして、純粋先生。変わらずの素敵で優しく繊細な画風で、デイジー達登場人物に、色や表情を与えてくださってありがとうございます。

最後に。書き切れないほどのたくさんの方々のご尽力でこの本があるのだと思います。そんな、この本に関わる全ての方に、感謝しています。本当にありがとうございました。

お便りはこちらまで

〒102－8177
カドカワBOOKS編集部　気付
yocco（様）宛
純粋（様）宛

カドカワBOOKS

王都《おうと》の外《はず》れの錬金術師《れんきんじゅつし》2
～ハズレ職業《しょくぎょう》だったので、のんびりお店経営《みせけいえい》します～

2021年7月10日　初版発行

著者／yocco
発行者／青柳昌行
発行／株式会社KADOKAWA
〒102-8177
東京都千代田区富士見2-13-3
電話／0570-002-301（ナビダイヤル）
編集／カドカワBOOKS編集部
印刷所／暁印刷
製本所／本間製本

●お問い合わせ
https://www.kadokawa.co.jp/（「お問い合わせ」へお進みください）
※内容によっては、お答えできない場合があります。
※サポートは日本国内のみとさせていただきます。
※Japanese text only

Printed in Japan
ISBN 978-4-04-074157-4 C0093

新文芸宣言

かつて「知」と「美」は特権階級の所有物でした。

15世紀、グーテンベルクが発明した活版印刷技術は、特権階級から「知」と「美」を解放し、ルネサンスや宗教改革を導きました。市民革命や産業革命も、大衆に「知」と「美」が広まらなければ起こりえませんでした。人間は、本を読むことにより、自由と平等を獲得していったのです。

21世紀、インターネット技術により、第二の「知」と「美」の解放が起こりました。一部の選ばれた才能を持つ者だけが文章や絵、映像を発表できる時代は終わり、誰もがネット上で自己表現を出来る時代がやってきました。

UGC（ユーザージェネレイテッドコンテンツ）の波は、今世界を席巻しています。UGCから生まれた小説は、一般大衆からの批評を取り込みながら内容を充実させて行きます。受け手と送り手の情報の交換によって、UGCは量的な評価を獲得し、爆発的にその数を増やしているのです。

こうしたUGCから生まれた小説群を、私たちは「新文芸」と名付けました。

新文芸は、インターネットによる新しい「知」と「美」の形です。

2015年10月10日

井上伸一郎